恋愛CHU!
彼女の秘密はオトコのコ?
SAGA PLANETS　原作
TAMAMI　著
有末つかさ　原画
PARADIGM NOVELS 124

登場人物

橘《たちばな》 慎吾《しんご》

私立鷹宰学園に通うごく普通の男の子。友達発掘サイトでNANAと知り合い、メール友達になる。

月島《つきしま》 花梨《かりん》　慎吾が店番を手伝っているパン屋の娘。店で売る新作パンの製造に燃えている。

神崎《かんざき》 七海《ななみ》　慎吾に会うために男の子になりすまして転入してきた。一途でかわいい女の子。

川崎《かわさき》 太陽《たいよう》　体育会系のこざっぱりした性格で、元気いっぱい。気のおけない慎吾の親友。

伊集院《いじゅういん》 光《ひかる》　慎吾の親友。伊集院財閥の御曹司で気取り屋だが、実は友達思いのお人好し。

NANA

花梨

目次

プロローグ　はじめまして、ＮＡＮＡです

私立鷹宰学園《たかつかさがくえん》には、時代後れな校則がある。

男女交際禁止。これを破った者は、即退学に処す。

それだけではない。共学校なのに男女は別校舎。同じ教室を使うのは、週に三度の特別授業と、大して盛んでもないクラブ活動の時だけ。それ以外では、男子と女子は、口をきくどころか顔を合わせる事さえ、ろくに出来ないありさまだ。

それでも進学校として、県内はおろか日本国内でも名を知られているこの学園では、厳しい校則に対して、表立って文句を言うような生徒はまずいない。全寮制の環境の中、週末の外出許可をとる為《ため》にもと、ただもくもくと勉強に励むばかりだ。

しかし、思春期真《ま》っ只中《ただなか》にいる生徒達《たち》みんながみんな、修行僧よろしく勉強ばかりをして過ごせるわけがない。この鷹宰学園でも、授業中に居眠りしたり、内職に励んだりする者の姿も、チラホラと見受けられる。

彼、橘慎吾《たちばなしんご》も、その中の一人だった。


月曜日。休み明けの、ことさら退屈に感じる授業も、もうすぐ終わる。だけどそんな事は、慎吾にとって関係なかった。彼はとっくに授業なんか放棄してしまっていたのだから。

古文の教師が万葉集の一句の解説を続ける中、彼は立てた教科書で隠したメタルブルー

プロローグ　はじめまして、NANAです

のモバイルの画面に見入っていた。

授業中だというのに心をくつろがせ、彼が目だけで追っていたのは、一通のメールだった。大切な、だけどまだ会った事もないメール友達。NANAからもらった初めてのメールを読み返していた。

『はじめまして、NANAです。メール、ありがとうございました。

お友達発掘サイト、Party Partyにも書いていたとおり、同い年の方からのメールを希望していたので、あなたからのメールは本当に嬉《うれ》しかったです。

私《わたし》と同い年という事は、あなたは学生さんなのですよね？　あなたの学校ってどんな学校ですか？　私は田舎の人間で、よその世界というものをよく知らないので、とても興味を持ってしまいました。

もしよろしかったら、あなたの周りの事やいろいろな事を、私に教えて下さい。

また、メールします。あなたからのメールも楽しみにしていますね。　NANA』

NANA。寮内の各室にインターネット用の回線が引かれた時、早速彼は手持ちのパソコンをつないでみた。ネットめぐりにも慣れた頃《ころ》、テレビのニュースで取り上げられていたので興味を持って、ふと慎吾はつないでみたのだ。出会い系サイトというものに。

そこに、NANAはいた。

女の子専用の募集掲示板。ハンドルネームと年と趣味。住んでいる県と身長体重、メッ

セージ。それだけの書き込み欄の中、彼女が書いていたのは、NANAというハンドルネームと慎吾と同じ数の年齢。そして、たった一言のメッセージ。

『同い年の方、メールを下さい』

たったそれだけ。

この子は本当に、誰《だれ》かからのメールが欲しいのだろうか、なんて思ってしまった。だけど決められた字数制限びっしりに文字で埋められた掲示板の中、ぽっかりと空白が空いたみたいになっているそこに、なんだか奇妙な寂《さび》しさのようなものを感じてしまった。

慎吾が彼女にメールを送ったのは、多分そのせいだったのだと思う。そうでなければ、ほんの気まぐれ。暇つぶし。

だけど、NANAからの返事はきた。それがあのメール。

はじめまして、から始まった文章は女の子らしくて可愛《かわい》くて、なんだかとても好感が持てた。それだけで、届いた返事に返事を書くのは当たり前のような気がした。

あれから、ほとんど毎日、NANAとのメールのやり取りが続いている。初めて届いたメールなんて、もう何十回、何百回と読み返したかわからない。もらったメールを読み終わったらすぐ削除、なんて律儀な性格でなくて、本当によかったと思っている。

だけどここ一週間ばかり、NANAからのメールは途切れていた。病気でもしたのだろうか？　それともパソコンが壊れたとか？

　それとも…。

（それともまさか、俺《おれ》が会えないって言っちまったから、愛想をつかしたんじゃないだろうな…）

　NANAとのメールのやり取りは、もう三ヶ月以上になる。山近くのものすごい田舎に住んでいて、学校も生徒は自分一人しかいないような環境だという彼女に、請われるままに慎吾は自分の学校生活を書き綴《か つづ》っては送っていた。慎吾からのメールにNANAは、

『そんなにたくさんの人がいるなんて、私には想像も出来ません』

とか、

『四階建てってものすごく大きな学校なんですね。全員が入れる寮もあるって言ってたけど、あなたの学校っていったいどんななのかしら』

とか、とにかくビックリしたという感想ばかりを送ってきた。

　そのNANAが、慎吾に会いたいと言い出してきたのは、ほんの一ヶ月前の事。

『私、あなたに会いたいな』

と、メールの中にさりげなく添えられた一文を、慎吾は最初気づかなかった事にしようかと思った。会えるはずがない。メールのやり取りだけだから、NANAの住所さえ知らないが、なんとなく彼女はずいぶんと遠くに住んでいるような気がした。

　せっかく会う約束をして、それでその週に外出許可が取れなかったら。NANAとの約

束をすっぽかしてしまう事になる。

また、もしも会っているところを誰かに見られて、学園に通報されたりしたら、退学は免れない。男女交際禁止は、もちろん他校の生徒が相手でも適用されるのだ。

結局見なかった振りも出来なくて、俺の学校にはこんな規則があるからと正直にNANAに告げた。会えないと言われてもNANAは怒った素振りも見せず、それじゃあ仕方ないよねとあっさり許してくれたけど、やっぱり本音は会いたかったのだろうか。学校を退学になるのが恐《こわ》いからと、会うのを拒絶した慎吾の事を、NANAは男らしくないとでも思ったのだろうか。

たった一週間メールがこないだけなのに、つい不安になってしまって、よくない事ばかりを考えてしまう。

三日前にメールをしたけど、もう一度こちらから出してみようか…。

そんな事を考えた時、いきなり目の前にノートが迫った。

「しーんご。お前、何ボーッとしてるんだよ？」

バフッと額を叩《たた》かれて、慎吾は目をぱちくりさせる。ひょいと上げられたノートの向こうに、人懐っこい目をした男が、ニヤニヤしながら慎吾を見ていた。

「へっ？　太陽《たいよう》…」

「おーお。まーた愛《いと》しの彼女からのメール見てたのかぁ？」

「あきれた奴《やつ》だな。授業はとっくに終わったぞ」

目の前に立っていたのはさらにもう一人。こちらは長い髪を一つに結わえ、澄ました笑みを口元に浮かべた男だ。人懐っこい方を川崎《かわさき》太陽。澄ました方は伊集院光《いじゅういんひかる》という。

太陽はお勉強の方はからきしなのだが、並外れた運動神経を買われてのスポーツ特待生。光はノーマルに学力試験を突破してきた口だが、国内外で名の知れた複合企業、伊集院グループを束ねる伊集院会長の孫にあたる。いわゆる御曹司《おんぞうし》。

この二人——もっとも光のような坊ちゃんは、えてして性格に難ありなタイプが多いのだが——気がよくて、慎吾とは隠し事のない親友づきあいをしている。

「彼女なんかじゃねぇって。ただの…」

「メールフレンドだろう？　しかしだな、それだけ夢中になっていたら、こっちはそうだと思ってしまうぞ」

「そうそ。授業そっちのけで、モバイルと睨《にら》めっこだもんな。試験範囲も聞かねぇで」

「いっ？　試験範囲っ⁉」

「やっぱ、聞いてなかったか。今の授業の中から、明日のミニテストで出すってよ。ほれ。どうせノートなんかとってないだろ？」

「太陽。人のノートで偉そうにするな。君だって寝ていたくせに」

「光ちゅわん、愛してる」

「いらん。そういう事を言うのなら、そのノートは返してもらうぞ」

「ウソッ！　冗談っ！　冗談だってっ‼」

借りたノートを抱えて逃げた太陽をヨソに、慎吾はまた考え込んでしまう。

(彼女…なんかじゃねぇよ。NANAとはまだ会った事もないんだから)

寮に帰ったら、やっぱりNANAにメールを書こう。あの子が俺に気を悪くして、それでメールを出すのをやめてしまったなんて、やはりどうしても考えられない。きっと何か、事情があるんだ。もしかしたら、もうサーバーにはNANAからのメールが届いているかもしれないし。


寮は学校の敷地とは別。歩いて十分の所にある。ちなみに女子寮とも敷地は別だ。

モバイルを入れたカバンをぶら下げ、慎吾は寮の門をくぐる。玄関で靴を脱ぎ、軽い足取りで階段へ向かおうとしたが、いきなり管理人室のドアが開いた。

「おっ帰りなさいませ〜っ」

一目で度が強いとわかる瓶底眼鏡を光らせて、割烹着姿《かっぽうぎすがた》のおばちゃんが、勢いよく飛び出してきた。おばちゃんといっても、大きな眼鏡で顔の半分が隠されていて、若いのか年をとっているのか、こちらはどんなに目を凝らしてもわからない。

「あっ、あのっ、どもっ…」

　いきなり目の前に飛び出されて、慎吾の心臓はバクバクと躍っていた。それでなくても、この人は苦手なのだ。妙にテンションが高くてにぎやかで、一見間抜けな印象を与えるくせに、実は異常に勘がいい。いったいどこに情報網を持っているのか、週末の許可なし外出防衛率など、一〇〇パーセントを誇っている。

「今日はお早いお帰りですね～。おかげで私も、長い間待たずにす～みましたよ～」

「は、はあ…。俺の事、待っていたんですか？」

　いったい何が起こるんだよ？　真っ先にそう思った。このおばちゃんが、こんな含みのあるもの言いをする時は、絶対何かよくない事が起こる時だ。バレて困る事なんて…あっ。NANAの事があった！　だけどNANAとのメールのやり取りなんて、部屋に置いてあるパソコンの中身を覗《のぞ》かなくてはならないし、いくらなんでもそこまでするとは思えない。

「あなた～、今までお部屋をお一人で使っていらっしゃいましたね～？」

「ええ、まあ…。男子は奇数だし…」

「それにあなたは～当たりくじを引き当てましたし～」

　うん、そうだ。それに関しては、いくら他《ほか》の連中がやっかんでも、くじに当たった者勝ちのはずだ。

　それじゃあ…。

「でもぉ、よ〜ろこんで下さいね〜。あなたにも〜ついにルームメートが出来るのですよ〜。ワーイッ！」

「へっ…ルームメート…？」

「もうっ。ノリが悪いですねぇ〜」

おばちゃんの言う事なんて、慎吾の耳には入ってなかった。ルームメート？　今までせっかく一人部屋で、自由を満喫していたっていうのに？

さらば孤独の楽園よ。どうか新しい同居人は、人のプライバシーを詮索《せんさく》しない、特に俺のメル友に関しては目をつぶってくれるような奴でありますように…。

「それでですねぇ、先ほど荷物が届きまして〜、もうそろそろ荷解《にほど》きは終えた頃だと思うのですが〜」

「ゲッ！　もう来てるのかよっ⁉」

ウッソだろうっ⁉　いくらこれから同じ部屋で過ごす事になる相手でも、この俺が留守の間に、部屋の中に入るだなんて。ヤバい物…出しっぱなしにしてなかっただろうな。

自分自身の声を合図に、慎吾はその場から駆け出していた。おかげで呆《ほう》けたようなおばちゃんの声は、彼の耳には届いてなかった。

「あの〜お片付けがまだのようなら手伝って〜…って。橘君は、気が早いですね〜」

一気に階段を駆け上がり、一番奥の角の部屋へと突っ込んでいく。荷物の片付けで埃《ほこり》が立つだろうに、ピッタリと閉じたドアのノブを慌てて回して勢いよく開ける。

「キャッ!?」

第一声が、これだった。

まるで女の子みたいな可愛い悲鳴に、つい我が耳を疑ってしまう。

部屋の中——つい今朝の登校前まで、一人きりで使っていた見なれた部屋の真ん中に、可愛らしい…とびっきりの美少年が立ち尽くしている。

慎吾を見つめる大きな目は、今にも泣き出しそうで、ビックリした仔猫《こねこ》みたいだ。

一本の三つ編みにした腰にまで届く長い髪は、背後の窓から射し込んでくるオレンジ色の夕陽を反射して、艶々《つやつや》と輝いている。

慎吾と同じ紺色の制服にその身を包んではいるものの、分厚い布地もシンプルなデザインも、彼の線の細さを隠しきる事は出来ないようだ。

なんだ、女々しい奴だな。と思うと同時に、慎吾はこう感じていた。

すっげぇ、可愛い…。

つい息を飲みそうになって、そこで彼は我に返る。落ちつけっ！　俺はノーマルだっ‼

「あ、あの…あな…」

彼はひどくおどおどとしていて、ほとんど怯《おび》えているようだった。寮のおばちゃんから名前を聞いておけばよかったと後悔しながら、仕方なく慎吾の方から話しかけてやる。

「俺、橘慎吾。名前くらいは聞いてるだろ？　この部屋の住人」

「あな…たが？」

「そっ。そっちの名前、まだ聞いてないんだけど…」

「キャアァァァッ!!」

慎吾の言葉は、悲鳴と共に掻《か》き消《け》された。悲鳴…歓喜の声かもしれない。声と同時に柔らかな重みが、胸の中に飛び込んできた。細い腕が、力いっぱい慎吾の首に巻きついてくる。

（うわっ…。なんか、いい匂《にお》い…）

ほとんど反射的に両腕を上げて抱きしめてしまいそうにな…ったところで、慌てて相手を突き飛ばした。

「ダァァァァッ!!　なっ、なんだぁっ!?」

心臓が、バクバク鳴っている。さっき寮のおばちゃんに、前に飛び出してこられた時の動悸《どうき》など、比ではない。ヤバいっ！　いったい俺の身に、何が起こっちまってるんだっ!?

「おおおおおおおいっ！　いっ、いっ、いった…なんのつもりだっ!?」

牽制《けんせい》する為に突き出した指が、ブルブルと震えていた。その向こうで指差された新ルームメートは、きょとんとした顔をしている。小首を傾《かし》げるような仕草が、また可愛らしい。

「あの、私、ごめんなさい。いきなりだったから、つい…」

「いきなりはそっちだろうがっ！　いったい何のつもりで、俺に抱きついてきたっていうんだっ⁉」

「だって、嬉しかったんだもんっ。やっとあなたに会えたから」

「あ、会えたってな、それで…」

さっぱり理解が出来なかった。いきなり抱きついてきた理由が、会えて嬉しかったから？　初対面の人間に会えた事が、抱きつきたくなるくらい嬉しかったのか？　頭が混乱してしまって、まともな思考なんか出来なくなってしまいそうだ。

「…ダメだ」

「えっ？　なにが？」

「俺、ちょっと動揺しちまってる。誰か呼んで…」

「待ってっ！」

鋭い声が、慎吾の足を止めさせた。のろのろと振り返ると、新ルームメートは恐ろしいほど真剣な顔をして、彼の顔を見つめている。

「その前に、私の話を聞いてほしいの。扉を、閉めてもらえるかな？」

扉をと言われて、さすがに一瞬躊躇《ちゅうちょ》した。こいつはいったい、何をする気だ？　だけどこんな細っこい奴が相手で、ビビってしまうのも情けない。

結局慎吾は、扉を閉めた。自分でもどうしてと思うほど、ひどく緊張しながら。

「それで、なんだよ？」

かすれそうになる声を、どうにか普通に出す事が出来た。そんな慎吾の目の前で、転校生は制服の襟元に細い指をかけていく。

「お、おいっ…」

音もなく、上着のジッパーが下ろされた。真っ白な新品のカッターシャツに包まれた、細い身体《からだ》が現れる。

慎吾の瞳《ひとみ》を見つめたまま、彼は上着を脱ぎ捨てると、シャツのボタンを外し始めた。半透明のボタンが一つ外される度に、抜けるように白い肌が、暮れかけた夕闇《ゆうやみ》の中にさらされていく。

同時に彼は、編んでいた髪をほどいた。長い髪がはらりと肩の上にこぼれて、そのままさらさらと胸の谷間へ流れ落ちる。

「えっ…？」

その胸は、転校生が男であるなら決してありえないほど、豊かに膨らんでいた。

「お前、いったい…」

「はじめまして。私…NANAよ」

「えっ…NANA？」

「そう、NANA。私、あなたに会いに来たの」

最初、その名が理解出来なかった。NANAと、口の中でもう一度呟《つぶや》いて、それでようやく思い出す。NANA？　この転校生が、メールフレンドのNANAだというのか？

そんな事は、とてもじゃないけど信じられない。

だけど初めて会った人間が、慎吾にNANAというメールフレンドがいるなんて事を知っているはずもない。太陽達にだって、彼女の名前までは教えてなかったくらいなのに。

それじゃあ…。

NANAは再び慎吾に身を寄せてきた。さっきみたいに勢いよくではない。そっと優しく。だけど両の腕を伸ばして、抱きついてくるように。

カッターシャツなんて、とっくの昔に床の上に落ちていた。ふくよかな乳房が胸の辺りに押しつけられて、慎吾は思わず後ずさってしまう。

「な…NANA？　ちょっと、待…わわっ⁉」

膝裏《ひざうら》がベッドの端に当たって、弾みでその上に座り込んでしまった。それとも彼女が、脚を押さえつけたのだろうか。股《また》の上に倒れ込んだNANAの手が、慎吾のズボンのジッパーにかけられる。

「なっ？　NANAっ⁉　ちょっと待てってばっ！」

慌てて押しとどめようとしたけれど、細い指はあっという間にジッパーを下ろしてしまった。それどころかズボンの前を開いて、だらりと垂れ下がった肉棒を、下着の中から引き出してしまう。

「あっ…」

NANAは、ほんの少しだけれど、悲しそうな顔になった。だけどすぐさま微笑《ほほえ》みを作り、慎吾の顔を真《ま》っ直《す》ぐに見上げる。

「あの…ね？　私、一生懸命するから、その…私にさせてほしいの」

させてって、いったい何を？　などと思う間もなく、彼のモノは少女の唇に吸い込まれていた。亀頭《きとう》が、生温かくぬめった粘膜に包み込まれる。途端に強烈な感覚が、咥《くわ》えられた部分から全身へと駆け抜けて、萎《な》えていたペニスがみるみる硬くなっていく。

「あっ…よかっふぁ…。ねっ？　気持ひ…いい？」

口の中に含んだ亀頭をそのままに、くぐもった声でNANAは尋ねた。特に何かをされているわけではない。ただ、喋《しゃべ》っているだけなのに、それは慎吾に鮮烈な快感を与え、グッと息を飲ませてしまう。

そんな慎吾の反応を、NANAはいったいどう思ったのだろう。硬く張りつめた肉棒をさらに喉奥《のどおく》まで咥え込み、必死に舌を絡めてくるのだ。

ペニスの表面を思いきり吸い上げられて、理性のたがは外された。力任せに少女の身体を引き離し、ベッドの上に押さえつける。一瞬ビックリしたようだが、NANAはこれっぽっちの抵抗もしようとはしなかった。それどころか彼の手がズボンと下着を剥《は》ぎ取《と》る間、自分から小さな尻《しり》を少し浮かせて、脱がせやすいようにしたくらいだ。

わずかに開いた膝を両手で鷲掴《わしづか》みにして、思いきり脚を開かせた。さすがに恥ずかしいのか、NANAはぎゅっと目を閉じる。けれどそんな彼女の顔より、慎吾の目は恥毛を冠した一点にのみ注がれていた。

すっかり日が落ちてしまったせいで室内はかなり暗かったが、それでも真っ白な太腿《ふともも》の間でぬめ光る秘裂の鮮やかな紅色は、はっきりと見てとれた。初めて目にした生の秘肉に、思わず唾《つば》を飲み込んでしまう。

「いいよ。私…きて…」

震える声が、彼のためらいを完全に吹き飛ばした。勢いに任せて覆《おお》い被《かぶ》さり、粘膜の中に自身を突き入れる。

ぬめったそこは二、三度滑って脇《わき》へと逸《そ》れたが、何度目かで秘孔の位置を探り当てた。腰の部分に全体重をかけて乱暴に突き入れると、ヒッと鋭い悲鳴を上げて、NANAの身体が硬く強張《こわば》る。

「あっ…くぅっ…うっ…。大丈夫…大丈夫…だから…」

ギュッとシーツを握り締め、彼女の身体は震えていた。合わせた肌に、じっとりと汗が滲《にじ》み出《で》てくる。それでもかまわず、滑りそうな細腰に指をきつく食い込ませ、何度も何度も勢いをつけて奥へ進ませようと突いていく。

「くっ…ひぃっ…うっ…」

押し殺した泣き声が聞こえてきたが、それさえも脳髄を刺激して、慎吾の性感を昂《たかぶ》らせた。

「わ…私…大丈夫だから…思いきり、突いて…あっ…」

「いいから少しっ…静かにっ…」

「んっ…。ゴメンッ…」

なかなか奥まで入れる事の出来ない焦りが、慎吾の動きを乱暴なものにしていた。次第に荒々しくなる突きに、NANAの身体は小刻みに震えている。

大きく吸った息を止めて、さらに深く捩《ね》じ込《こ》んだ。ペニスを包むぬるぬるとした感触の中、微《かす》かな抵抗が先端に当たった気がした。

刹那《せつな》、彼のモノは根元まで彼女の中に飲み込まれていた。肉茎全体が熱いぬめりときつい締めつけに包まれて、入れたばかりだというのに、もう達してしまいそうだ。

それでもホッとして力を抜くと、互いの恥毛が擦《こす》れ合《あ》った。NANAの身体から力が抜ける。薄闇の中、涙を滲ませた大きな瞳で慎吾を見上げ、苦しげに眉根《まゆね》を寄せながらも、健気《けなげ》に微笑みを浮かべている。

「よかった…。私達、一つになれたんだね？　私、初めてだったから、ちゃんと出来るかなって、ものすごく心配だったけど…」

ドクンッと大きく心臓が鳴った。ＮＡＮＡは今、自分も初めてだったと言ったのか？初対面の男のモノをためらいもせずに口に咥えるような女の子だから、こんな経験は豊富だったのだろうと、勝手に思い込んでいたのに。

うろたえそうになった慎吾の事を、ＮＡＮＡはいったいどう思ったのだろう。あまりにきつく握り締めていた為、関節が真っ白になってしまった指をどうにかシーツから外し、彼の顔へと手を伸ばしてくる。

「いいの。心配しないで。私…後悔なんかしてないもの。あなたに会えた。あなたとこうして…一つになる事が出来たんだもの。だから…ね？　そんな顔、しないで…」

微笑みと共に、優しい声で話しかけてくるＮＡＮＡのおかげで、どうにかパニックに陥る事だけは免れた。けれど緊張に捕らえられてしまった慎吾は、見上げるＮＡＮＡの瞳から、視線を外す事が出来ない。

気を取りなおして抽挿《ちゅうそう》を始めると、彼女はまた苦痛に耐えようとするように、細い眉根を寄せた。可愛らしい唇から漏れ出る声も、快感などとは遠く離れた、痛々しい喘《あえ》ぎばかりだ。それでも肉棒を取り巻く快感に、途中で止めるなど出来やしない。

「あっ…好き…好きぃ…。私…あなたの事が…」

すすり泣くようなＮＡＮＡの声は、それでも鼓膜に甘く響く。せり上がってきた射精感に、彼女の身体を気遣《きづか》う事など出来なくなり、動きに再び荒々しさが戻ってくる。

「あっ！　あぁぁっ…」

たまらず欲望を吐き出した刹那、かすれた悲鳴がＮＡＮＡの唇から漏れ出ていた。自分の中に注ぎ込まれる精液の熱さを感じたように、白いお腹《なか》がヒクヒクと震える。

ホッとした途端に力が抜けて、慎吾はベッドに突っ伏していた。それでもＮＡＮＡの上にのしかかるのは悪いだろうと、狭いベッドの隙間《すきま》にどうにか身体をもぐり込ませる。

そんな慎吾を追いかけるように、ほっそりとした腕が肩に覆い被さってきた。思わずビクッとしながら、彼女の方に視線を向ける。

ＮＡＮＡは、笑っていた。心の底から嬉しそうな、穏やかな笑顔だった。

(俺…この子といっしょに、この部屋に住むのかよ…？)

まだ、信じられない思いがした。昨日まで顔も見た事がないメールフレンドだった少女が、よりにもよって男として、男子寮にやってきたのだ。

ただ、自分に会いたい為だけに。

これから、いったいどうなるのだろう？　慎吾の身体を、気だるい重みと共に、これから始まる秘密を抱えた生活への不安が包み込んでいく。

そんな彼の目の前で、疲れたのだろうか、ＮＡＮＡは静かな寝息を立て始めていた。

間近ですやすやと眠るＮＡＮＡは、とんだ小悪魔かもしれないのに、さながら天使のように、あどけなく愛らしい寝顔をしていた。

第一章　可愛いトラブルメーカー

ＮＡＮＡが転校してきてから、三日が過ぎた。

学力のレベルの高さで名を売っているだけあって、鷹宰学園の編入試験はかなりの難関だ。それを突破してきた転校生の登場は、学園内にちょっとした騒ぎを巻き起こした。

転校初日から慎吾と人のいい光や太陽がガードしてやったからよかったものの、そうでなければ今頃《いまごろ》ＮＡＮＡは、今まで育った環境や、特に学校の事などを根掘り葉掘り聞き出そうとするクラスメートに、取り囲まれていただろう。なにしろ彼らに発破をかけたい教師達《たち》の口から、ＮＡＮＡの編入テストはほぼ満点だったのだと、男子棟はもちろんの事、女子棟の教室でまで語られたのだ。

おかげでＮＡＮＡ——神崎七瀬《かんざきななせ》の名前は、この鷹宰学園で今や知らぬ者がいないほどだ。


放課後。久しぶりに訪れた新聞部の部室で、椅子《いす》に座って窓の外を眺めながら、慎吾はぼんやりと考えていた。

(俺《おれ》だけが知っているんだよなぁ…。神崎七瀬が、神崎七海《ななみ》なんだって事は)

神崎七海。それが彼女の本名だった。彼女は双子の弟の書類を使い、彼になりすまして転入している。神崎七瀬という名前も、弟の名を借りているのだ。

最初から、しかも学園側から男だと紹介されたせいもあって、ＮＡＮＡが女だと疑う者は誰《だれ》もいなかった。まあせいぜいが、噂話《うわさばなし》の中で神崎七瀬は女の子みたいな美少年だと、成績の次に必ず出てくるぐらいの事。

真実を知っている慎吾にしてみれば、まったくもって信じられない事だった。なにしろＮＡＮＡは女の子として見たとしても、そこらのアイドルスターにだって平気で太刀打ち出来るほどの美少女なのだ。

（まっ、いいんだけどね。バレさえしなけりゃ。ＮＡＮＡは可愛《かわい》いし…）

とりあえずは、そう思う事にした慎吾だった。いまさらＮＡＮＡの転入をなかった事にも出来ないのだし。

「あらっ？　なに、ボーッとしてるのよっ？」

勢いよくドアが開けられ、同時に威勢のいい声が、慎吾に向かって飛んできた。

「なんだ、美月《みづき》かよ？」

「なんだとはなによ。たまに部室に顔を出してると思ったら、ぼんやりしちゃって。あんたが窓辺で考え事なんかしていても、ぜんぜん様になんかならないっての」

言葉はキツいが、軽快に笑ってみせる美月には、まったく悪気はないようだった。慎吾だって彼女のそんな物言いにはすっかり慣れっこだったから、フンと鼻を鳴らしただけで、言い返す気も起きやしない。

彼女の名前は、佐伯《さえき》美月。慎吾の実家とは家が近く、物心ついた時からの幼馴染《おさなな じ》みだ。

共学でありながらまったく色気のないこの学園では、女の子の親しい知り合いがいるというのは決して悪い事ではなかった。たとえそれがお互いいくつまでおねしょをしていたかまで知っているような、色気も遠慮も欠片《かけら》もないような間柄であったとしても。

「俺だってな、たまにはもの思いにふける事もあるんだよ」

「だからぁ、あんたの顔じゃぁ似合わないって。そういう事は、噂の美少年にでも任せておきなさいよ」

「噂の美少年？」

「聞いたわよ。例の転校生。あんたとルームメートになったそうじゃない」

やっぱりきたかと慎吾は思った。今日、NANAを一人で先に帰して、この部室に顔を出した時から、半ば覚悟はしていた事だ。なにしろこの美月、新聞部で『自称』敏腕記者と誇っているだけあって、とにかく耳が早い。好奇心も、人の三十倍は強いのだ。

もっとも、神崎七瀬の存在を知らぬ者など、この鷹宰学園では今や一人もいないと思うが。

「特別授業で英会話を選択した子に聞いたんだけど、すっごくキレイな顔をした人なんでしょう？　女の子みたいって、みんなが言ってたくらいなんだから」

女の子みたい。じゃなくて、女の子そのものなんだけどね。なんて思いはこれっぽっちも顔には出さず、慎吾ははしゃぐ美月を見た。いかにも、俺は興味がありませんよといった顔。なぁにくだらない噂に踊らされているんだろうねと言わんがばかりの、いかにも小馬鹿《こばか》にしたような顔をして。

　そんな慎吾に、案の定美月はムッとした顔をする。

「なによぉ、その顔。いいじゃない。みんなの噂の的なんだから」

「俺は別になにも言っていないだろ？　お前なぁ、男子に夢中になるのはいいけど、おかしな噂が立って、退学食らっても知らねぇぞぉ」

「ジョーダンッ。あたしはねぇ、自分の知らない噂があるのがイヤなだけ。別にその人に個人的な興味があるわけじゃないの。だいたい、顔だって見た事がないのに」

「さいですか」

　ダメだ、こりゃ。まともに相手をしていたら、美月は本気でNANAの事を聞き出そうとし始めるだろう。馬鹿にしてみせる作戦はやめにして、慎吾は無関心攻撃に切り替えた。

あの馬鹿げた校則のおかげで、男子と女子とが別れ別れになっているような学校だからよかったものの、そうでなければこの好奇心が服を着ているような美月なら、それこそNANAに単独インタビューだってしかねない。

　それでなくても、NANAは話題にはことかかないのだ。

（転校してやっと三日だっていうのに、色々とやらかしてくれたもんなぁ…）

　とにかくNANAは、変わっていた。簡単にいえば、知識はあるのに世間知らず。おまけに女の子だという事を隠して男子として転校してきているものだから、早くも事件を起こしている。

転校二日目。ようするに昨日。昼食を終えた昼休みの残り。食堂から帰ってきてくつろいでいたのもほんの一時、いきなりNANAが慎吾の袖《そで》をギュッと掴《つか》んだ。なに？と目で尋ねると、NANAはひどくおたついたような顔をして、落ちつかない目で周りを眺めた。

視線の後を追いかけて、ははーんと慎吾も納得した。午後の授業が体育だから、みんなが着替えを始めたのだ。男子ばかりの校舎なのだから、もちろん更衣室なんてものはない。女の子がいない気軽さと、少しでも遅れるとすぐ成績に影響させる体育教師の陰険な性格のせいで、みんな慌しくも無遠慮にばさばさと服を脱いでいる。

NANAは、視線をどこへ持っていけばいいのか、それさえもわからないみたいだった。いつもならば慎吾も着替えをしなくちゃと立ち上がるところだったが、こうなってはそれどころじゃない。NANAに、どうやって着替えをさせる？　この教室、クラスメートがいる前では、さすがに着替えなんか出来るはずがない。体操服を持って、トイレにでも行かせられるだろうか。

あれこれ考える慎吾の袖を、NANAが再び強く掴む。

『おい、NANA』

そんな事をすると、みんなに変に思われるだろう。それより早く着替えを持って…。そう言葉を続けようとしたのだけれど、それは光に遮られた。

『どうした、君達。早くしないと、授業に遅れるぞ』

怪訝《けげん》そうな顔をして、光の目が慎吾の袖を掴んだＮＡＮＡの手を見、続いて二人の姿を眺める。そんな光も、まだ着替えはしていない。

『あの、ボク…』

『早くした方がいいぞ。体育の小林は、陰険だからな。橘なんかにつきあっていて最初の授業から遅刻すると、目をつけられて今後の授業に響いてしまうぞ』

つきあって遅刻しそうなのは、こっちだっつーの。そう言いたいのを飲み込んで、慎吾はＮＡＮＡの手をふりほどいた。

『そうだな、ＮＡＮＡ。俺も着替えるから』

こうなったら、着替えを持ってさりげなく抜け出すなんて事は出来ないだろう。クラスメートの何人かは――多分ＮＡＮＡの細っこい身体《からだ》を、からかおうと待ち構えているのだろう――ニヤニヤしながらこちらを見ている。今の慎吾に出来るのは、ＮＡＮＡを窓辺に押しやって、自分の身体で壁を作ってやる事くらい。それだって、完全に隠しきれるわけではない。

『あの、でもボク…』

それでもＮＡＮＡは、ためらっていた。無理もないだろう。そんなＮＡＮＡに待ってましたと、教室の中から野次が飛ぶ。

『どうした、神崎ーっ。大勢の前じゃあ、恥ずかしくって脱げないってかーっ？』

『なんだとーっ!?』

思いもかけず、ＮＡＮＡの顔に勝気そうな表情が表れた。まるでムキになったように学生服の上着を脱ぎ、カッターシャツのボタンを外す。それで余計に皆の視線が、彼女の方へと集まった。

『お前らなーっ。男の着替え見て、楽しいのかよー？』

わざと呆《あき》れた顔をして、慎吾は大きな声を上げた。ＮＡＮＡはシャツから腕を引き抜きはしたものの、慎吾の後ろでかろうじてタンクトップだけは残した胸元を、脱ぎかけの服で隠している。

改めて大きな声で言われたせいか、からかった連中も一瞬口ごもった。胸元を隠し、困り顔をするＮＡＮＡを見て、なんだかみんなが落ちつかないような気になってしまう。

『そんなわけねぇだろ』

もそもそと口の中で呟《つぶや》いて、ＮＡＮＡをからかおうとしていた連中は、着替えを再開したり、あるいはこそこそと教室から出て行った。

しかし、気にしない者もいる。

『神崎君。君はずいぶんと細いんだな』

　これっぽっちの悪気もなく、光はＮＡＮＡの腕を取った。彼も男にしては線の細い方ではあるが、さすがにＮＡＮＡとは比べものにもならない。光の親指と人差し指だけでＮＡＮＡの手首の回りには余るくらいだ。掴まれた腕をひょいと差し上げられて、ＮＡＮＡの表情は引き攣った。

　そして

『いっ…いやぁぁぁっ!!』

　絶叫と同時に、ＮＡＮＡは光を投げ飛ばしていた。見事に弧を描いて舞った彼の身体は、滞空時間ン秒の後、教室の床に打ちつけられてしまっていた。

　みんな、何が起こったのか、それさえも理解が出来なかった。たまたまＮＡＮＡが光を投げ飛ばした瞬間を見ていた者がいなかったからよかったようなものの、もしも目撃者がいたならば、後日彼女はこの学園の柔道部からかなり執拗《しつよう》な勧誘を受けた事だろう。

『ボ、ボク…ごめんなさいっ!!』

　誰一人として事態が理解出来ない中で、ＮＡＮＡは外へと飛び出した。そんな彼女の後ろ姿を、慎吾はただ呆然《ぼうぜん》と見送る事しか出来なかった。

　この一件は、いきなり腕を掴まれてびっくりしてしまったＮＡＮＡが反射的にやってしまったのだという事で、一応のカタはついた。人のいい光坊ちゃんが、実にあっさりと許してくれた事もあって。

また後日、体育の授業の方も、ＮＡＮＡの実家から息子は虚弱体質なので実技は免除してほしいと、医師の診断書つきの連絡が入り、それは学園側に受け入れられた。おかげでそれから、ＮＡＮＡの着替えに慎吾が心配する必要もなくなった。

しかし、あんな見事な投げを決められる虚弱体質がいるものか。慎吾は今でも、そう思っている。視界の端にチラリと見ただけだったが、ＮＡＮＡの投げは完璧《かんぺき》だった。学園側が認めたのだから診断書は本物だったのだろうが、そもそもＮＡＮＡは入学の為《ため》の数々の書類も弟のものを使っているのだ。話はまったく聞いてはいないが、彼女の家にとって、偽の診断書を作らせるなど簡単な事なのだろう。

（ＮＡＮＡってホント、わかんねーよなー…）

本当に、自分は彼女の事を何も知らないのだ。そんな事を考えていると、自然にため息が出てしまう。

しかし目の前で考え込まれて、美月は黙ってはいなかった。

「こぉらっ。またボーッとしてる」

手近にあったノートを丸めて、ポクッと慎吾の頭を叩《たた》く。それでようやく、彼は今自分がどこにいるのかを思い出した。

「なにすんだよ？　美月」

「なにすんだよじゃ、ないでしょ？　たまにクラブに顔を出したんだから、もうちょっとシャキッとしなさいよね」

そんな事を言われても、今のところ慎吾に仕事はない。今日、ここに顔を出したのだって、たまにはＮＡＮＡから離れて一人で今後の事を考えてみたかったからというだけなのだ。

「別にいいだろ。俺だって忙しいんだよ」

「あんたのどこが、忙しいのよぉ？」

両手を腰に当て、椅子に座った慎吾の顔を見下ろすようにフンとふんぞり返ったまま、美月はジロリと睨《にら》みつけた。だけどつきあいが長いおかげで、彼女が真剣に怒っていない事くらいは、慎吾もとっくにお見通しだ。

「忙しいんだよ。ボランティアもあるしな」

「ボランティアぁ？　あんた、選ばれちゃったんだ」

鷹宰学園には、ボランティア制度がある。誰であろうと、近隣で必要とする者が学園に申し出れば、それに応じて生徒をボランティアで派遣するというものだ。ちなみに派遣されるのは、学園の偏差値を引き上げている成績上位者や、これ以上成績が落ちられては困る連中ではない。簡単にいえば中間派が、派遣される事になっているらしい。学園側は、あくまで個人の適性を考慮して派遣しているのだと言ってはいるが。

現在慎吾は、商店街の奥まった所にある月島《つきしま》ベーカリーというパン屋で、店の奥さんが入院している間だけ、手伝いをする事になっていた。

「へー。大変なんだ」

「だろう？　先月からだぜ。ま、どうせ流行《はや》らない店だし娘さんもいるから、いつでもこちらの都合のいい時に来てくれればいいって言ってもらってるんだけどな」

「うん。大変、大変。あんたみたいなのを手伝いによこさせられちゃあ、お店のご主人も大変だ」

「美月。お前、どっちの心配してるんだよ？」

「アハッ、わかったぁ？　さりげなぁく言ってみたつもりなんだけど」

「わからいでか。ったく、お前は可愛くないんだから」

（それに比べて、ＮＡＮＡはやっぱり可愛いよな。いくらわけのわかんないところがたっぷりあっても、素直だし、俺の言う事はなんだって聞いてくれるし。この学園の中で可愛い女の子と同棲《どうせい》してて、しかも好きなだけエッチが出来るなんて、どう考えても俺だけだもんなぁ）

　どーせあたしは、なんて言いながらプンッと膨れた美月を前に、慎吾の思考はまた寮で彼の帰りを待ちわびている可愛いトラブルメーカーの元へと、飛んでしまっていたのだった。

夕方。結局何をしに行ったのだかよくわからないクラブ活動を終えて、慎吾は寮に帰っていった。今日は玄関口でおばちゃんに捕まる事もなく、真っ直《ます》ぐ部屋に戻る事が出来た。自分の部屋なので気兼ねはない。ノックもせずに、ドアを開ける。

「おかえりなさいっ!!」

切羽詰まったような響きの、それでいて嬉《うれ》しそうなNANAの声が、慎吾に向かって飛んできた。声だけじゃない。一瞬遅れて身体の方も、慎吾の胸に飛び込んでくる。

「わっ？　NANAっ…」

大げさすぎる愛情表現に、慎吾は今も戸惑っていた。別に悪い気はしないのだが、さすがにまだ慣れる事は出来ない。

「ボクね、君がいなくてすっごく寂《さび》しかったんだよっ。ねっ、クラブ活動ってどうだった？　新聞部だろうっ？　ボクもいっしょに入った方がいいかなっ？」

こんなところを他《ほか》の寮生に見られては、どんな噂を立てられるか、わかったものじゃない。慌ててドアを後ろ手に閉めて、それからNANAを引《ひ》き剥《は》がした。

「NANA、落ちつけよ」

「あっ…。ゴメン…」

たった一言注意しただけで、すぐにNANAはしゅんとなる。そんな姿にようやく慎吾は、彼女がこの寮に来てから、今日初めて長い間一人きりにしていたのだと気がついた。

だからといって、甘やかすつもりもない。NANAがずっとこの寮で暮らすというのなら、こういう事にも慣れてもらわないと困るのだ。

「新聞部なんかやめとけって。ただでさえ、噂好きとか自分で情報通だなんて言ってる連中の集まりなんだぜ。NANAは、そういう連中には近づかない方がいいって」

「うん、そうだね。ゴメン」

ゴメンなんて言いながら、NANAはなかなか慎吾の目を真っ直ぐ見ようとしなかった。

「なんだよ、NANA？　拗《す》ねてんのか？」

「うっ、ううんっ！　そんなんじゃないよっ」

慎吾の言葉にビックリした顔をして、NANAは慌てて首を振る。

「そんなんじゃないっ！　ただボク…君に、怒られちゃったから…」

「怒られたって、俺。そんなにキツく言ったか？」

「う、ううん。違う…けど」

だったらそんなに気にする事はないじゃないか。女の子って、けっこう面倒くさいんだよな。それともNANAが、特別なのかな。なんて思ってしまった。だけどNANAの落ち込みは、そんな理由でではなかったのだ。

「そうじゃないの。ただね、ボク、あの…。君に色々と迷惑かけてるから、それで悪いなぁって思って…」

「なんだよ。そんなの、いまさら気にするなって」

「うん…。でもね、あの…君にもクラブ活動とか色々しなくちゃいけない事があるんだって、それはわかっているの。だけど今日、一人で帰れよって言われた時、ボク…嫌われちゃったのかなぁって…」

「な、なんだよ。そんな事ないって」

不安げにうつむいて、ぽつぽつと言葉を探しながら話をするNANAを前に、慎吾の心はチクリと痛んだ。本当に嫌いになったりしたわけじゃない。だけどNANAが来た事で、大変だと思っていたのもまた事実だ。それもまた仕方のない事ではあるが、うなだれる彼女の姿を見ていると、自分がこのか弱い女の子をほっぽり出してしまったみたいな、そんな気持ちになってしまったのだ。

慎吾の思いは、NANAにも伝わったのだろうか。彼女は慌てて顔を上げ、がんばって笑顔を作る。

「あっ、あとね、ほらっ。新聞部って、どんなトコかなーって。クラブ活動って、男女合同なんでしょうっ？　だから、その…もしかして、君と仲のいい女の子とかいるんじゃないかなって、心配で」

「あのなぁ、NANA」

まったくＮＡＮＡは、なにを考えているのやら。ここは鷹宰学園なんだぞ。男女交際は絶対禁止。見つかったら即退学。いくら部活が女子といっしょでも、彼女作りなんか出来るはずがない。確かに仲のいい女の子はいるが、それはあの美月なんだし。

（ま、ＮＡＮＡは美月の事は知らないんだけどな）

わざわざ教える気もなくて、慎吾は肩の力を抜いた。そんな彼に、ＮＡＮＡもホッとしたみたいな顔をする。

夕食までは、まだ時間がある。それに自分との事で一生懸命な様子のＮＡＮＡを見ていると、なんとなく嬉しくなってしまった。

「なあ、ＮＡＮＡ。鍵《かぎ》…かけてこいよ」

「えっ？　あっ、うん…」

それだけでＮＡＮＡもわかったのだろう。少し頬《ほお》を赤らめながら、ぎこちない足取りでドアの鍵をかけに行った。

ベッドの端に腰を下ろし、慎吾はＮＡＮＡの帰りを待つ。帰りといっても部屋の中での事なのだから、ものの五秒もしないうちにＮＡＮＡは彼の前に立つ。

さすがにまだ慣れなくて、慎吾は気のきいた台詞《せりふ》なんか、一つだって出てこなかった。黙って座る位置をずらすと、空いた隙間《すきま》にＮＡＮＡが座る。横に並んで目と微《かす》かな首の動きだけで見つめあい、短い沈黙の後、今日は慎吾からキスをした。

腰を浮かせ、覆《おお》い被《かぶ》さるように唇を重ねた慎吾の身体を支えようとするように、NANAは静かに手を持ち上げる。両方の手で慎吾の腕を優しく掴み、与えられた口づけを受ける。

舌先で唇の表面をくすぐって、薄く開いたその隙間から恐る恐る差し入れた。NANAの舌が慎吾のそれを迎え入れ、柔らかく絡み合う。

「んっ…んんっ…」

くぐもった声と共に、甘い吐息が慎吾の口中に広がった。手が自然に持ち上がり、柔らかな肉がうっすらとついた脇腹《わきばら》を服の上から撫《な》でてやる。NANAの身体が焦《じ》れるようにもぞついて、慎吾は手をシャツの裾《すそ》から中へともぐり込ませた。タンクトップの下で暑苦しく巻かれたさらしの端を探り当て、少し乱暴になってしまうのもかまわずに、なんとかそれを緩《ゆる》めてやる。

抱きしめて、押しつけていた胸板に、突然ふわりと柔らかい感触が広がった。さらしが解かれて、ギュウギュウに押さえつけられていたNANAの乳房が膨らんだのだ。

下にブラジャーなんかは着けていない。剥《む》き出《だ》しになった乳房を手のひら全体で揉《も》みしだき、指で乳首を軽く擦《こす》る。

「んっ…あンッ…」

甘ったるい声を上げ、NANAの顎《あご》がピクンと跳ねた。柔らかかった突起はみるみる硬さを増していき、小さな木の実みたいになる。

タンクトップの裾を襟元までたくし上げて、真っ白な乳房にむしゃぶりついた。口全体を使って柔らかな肉を甘噛《あまが》みすると、静脈が浮き出そうな薄い皮膚に血の色が透け、NANAの全身がほんのりとピンク色に染め上げられる。

唇越しに乳房の肉を噛みながら、もう片方の乳房をこねまわすように揉んでいく。手の中で形を変える感触が面白くて、ついつい動きが乱暴なものになってしまうが、それさえNANAには快感へとつながるらしい。

細い腕が持ち上げられて、慎吾の背中に回された。そっと添えられていただけだった手が切なげに背をさまよい、やがてそれは彼の頭を抱きしめて、指が髪の中にもぐり込んでいく。

のしかかり、蠢《うごめ》く慎吾を受け入れようというように、NANAの脚は自然に開かれていた。ズボン越しにでもむっちりとした太腿《ふともも》の肉の感触が、挟み込まれた慎吾の腰に伝わってくる。軽く乳首を噛んだり、爪で乳房を引っかいた時になど、悶《もだ》えるように脚が動いて、彼はシャツも着たままなのに、妖《あや》しいざわめきを皮膚に伝えてくる。

ズボンのチャックを外させて、パンティの中に手を差し入れた。コットンのさらさらとした感触が、奥へ進むにつれてじっとりと湿ったものになる。それは彼の指先が、股間《こかん》の中心にたどりつくと、じゅくっと雫《しずく》が滴るほどに潤んでいた。

「なんだ、ＮＡＮＡ。ここ、すっげぇ…」

「ヤンッ！　言っちゃ…イヤぁっ…」

ＮＡＮＡの腰が、大きく揺れた。弾みで開いた花弁や、その奥で熱く潤んでいた秘肉の部分にまで、指が触れる。指がぬめった蜜《みつ》にまみれ、思わず慎吾は生唾《なまつば》を飲んだ。乳房への拙《つたな》い愛撫《あいぶ》だけだというのに、ＮＡＮＡはもうこんなに興奮してしまっていたのだ。

たまらず指を奥へと伸ばして、熱い粘膜を掻《か》き混《ま》ぜた。そこはもうとろけそうになっていて、弄《いじ》る指を動かす度に、ＮＡＮＡの身体は恥ずかしそうにビクビク震える。

秘口の位置を探り当て、ほんのちょっぴり指で突いた。第一関節まで飲み込ませただけなのに、ＮＡＮＡはヒッと可愛らしい悲鳴を上げ、脚を反射的に閉じ合わせようとする。少ししか入っていなかった指は、それであっさりと抜けてしまった。慌てて秘部をまさぐると、今度は硬く尖《とが》った小さな肉の粒に触れる。キュッと指の腹で摘《つま》み上《あ》げると、ＮＡＮＡの頬にパァッと朱の色が広がり、きつく唇を噛み締める。

閉ざされそうになっていた脚が、再びそろそろと開かれた。そこを弄るとよほど気持ちがいいのだろうか。ＮＡＮＡは腰をもじもじさせて、切なそうに悶えてみせる。

前だけを開けさせたズボンの中で、慎吾の手の形に膨らんだパンティが、ひどくエロティックな眺めに思えた。裾から伸びた綺麗《きれい》な脚と、つけ根辺りの陰になった暗がりのコントラストに、慎吾の股間もとっくに硬く膨らんでいる。

「NANA。もう…いいかな？」

「う、うん。…もちろんだよ…」

　慎吾との、片手の指で余るほどの経験しかないNANAの身体は、まだまだ硬さが残っていた。初体験の時こそ、知らなかったものだから無茶をしたものの、今の彼は出来るだけ優しくしてやりたいと思っている。

　NANAのズボンと下着を脱がし、素裸になった下肢の間に身体を置いた。ベッドの青いシーツの上で、スラリと伸びた白い脚が、恥ずかしそうにもじもじしている。逆三角形の形で綺麗に整った薄い茂みも、肌の白さを浮き立たせるばかりだ。

　慎吾自身はズボンを脱がず、前を外しただけにして、いきり立った肉棒をNANAの秘裂に押しつけた。互いの秘部が触れ合った途端、NANAはビクンと身を震わせたが、それでも自分からさらに大きく脚を開き、慎吾がしやすいようにする。

「あっ…きて。あの…私《わたし》は、大丈夫だから…」

　NANAの思いがそうだという事はわかっている。だけど身体はそうではないらしく、自然に強張《こわば》ってしまっている。だからといって、慎吾に出来る事なんかない。せいぜいが、出来るだけ乱暴にしないように、ゆっくりとしてやるくらいだ。その事で、NANAの苦痛が本当に弱められるのかは、今ひとつ自信がなかったが。

　太腿から両脚を抱え込み、じりっじりっと腰を進めた。途端にねっとりとした熱いものが先端から絡みつき、慎吾自身を包み込んでくる。

「あふっ…んっ。あぁっ！　あ…熱いっ…」

自分の中に恋しい男の身体の一部を受け入れて、NANAは熱い吐息を漏らした。苦しげではない。心の底からうっとりとした、甘い吐息。ホッとしたような笑みを浮かべてさえいる。

「痛くない？」

「んっ…。大丈夫。私、大丈夫みたい…」

やはり本当は恐《こわ》かったのだろう。安心した途端にNANAの身体から力が抜けて、脇に垂らしていた手が、慎吾に向かってゆっくりと伸ばされてくる。

「ねっ、きて。私、大丈夫みたいだから、その…もっと奥まで…きてくれてもいいよ」

言われるまでもなく、慎吾は再び腰を蠢かせ始めた。愛液にまみれた肉襞《にくひだ》が絡みついてくるような中、行き来する度にそこがグチュグチュと卑猥《ひわい》な音を立てていく。NANAはギュッと目をつぶり、恥ずかしそうに顔を背けながら、それでも吐息と共にかすれた喘《あえ》ぎ声を漏らしている。

「あぁっ…んっ…。恥ずかしい…。なんだか、恥ずかしいよぉ…」

慎吾の腕を掴んだ手が、ギュッと握り締められていた。何かにしがみついていなければ、どうにもならないといった感じだ。

「恥ずかしいって…これくらい、平気だろ?」

「うん…でも…やっぱり、恥ずかしくって…あっ…。私、どうしちゃったんだろっ…」

それで当たり前なのだ。だけどNANAは初めて慎吾に会った時、いきなり抱いてと迫ってきたような少女だ。恥ずかしがられても、いったいどうしたのだろうとしか思えなかった。

NANA自身、自分の気持ちの変化に戸惑っているようだ。まるでごくごく普通の少女のように、恥じらって目を閉じている彼女の姿が、なんだかものすごく可愛らしいと思ってしまった。たったそれだけの事なのに、慎吾の欲望はさらに増し、責める動きが勢いを増す。

「あっ!　あぁっ…イッ…。今…んっ…いいっ…。もっと…もっとしてっ。私…大丈夫だからっ…あっ…」

パイプベッドがギシギシと軋《きし》む中、NANAも慎吾の動きに合わせて、拙く腰を使い始めていた。自分の中に芽生えた快感に戸惑うように激しく首を振りながら、断

続的に鋭い嬌声《きょうせい》を漏らしている。ただでさえ狭い肉路がキュウキュウと締めつけてきて、みるみるうちに慎吾の性感を追い上げていく。

「NAっ…NA…。もうっ…」

「うんっ。いいよっ。私…私はもうっ…」

慎吾がきつく歯を食い縛った刹那《せつな》、細い両腕が彼の背中に回された。しっかりと抱きしめられて、柔らかな乳房がギュッと胸板に押しつけられる。

爆《は》ぜる瞬間、NANAは無意識のうちに腰をせり上げ、つながり合った部分を震わせながら擦りつけていた。薄い爪が背中の肉を掻きむしる、絶頂感に痛みさえも気にならない。

荒い息を吐きながらそろそろと目を開けると、NANAは涙の滲《にじ》んだ目でジッと慎吾の顔を見上げていた。ホッとしたような微笑《ほほえ》みは視線がぶつかった途端に消え失せて、恥ずかしそうに目を伏せてしまう。

「まだ、恥ずかしい?」

「う、うん。変なの。こんな気持ち…初めて」

それが普通じゃないかな、なんて思いながら、自分に背を向けようとするNANAを後ろから抱きしめた。たまたま触れた乳房の下で、心臓がドキドキしているのがはっきりとわかる。

「ヤだっ。ドキドキしちゃうよぉ」

「それでいいんだって。NANA」

じたばたしかけたNANAだったが、耳元で囁《ささや》いてやっただけで、暴れる動きはピタリと止まった。そう？　なんて言いながら、腕の中でもじもじとする。

汗ばんだ髪に鼻先を埋めながら、深々と息を吸い込んだ。

(変わってるけど、こういうところがものすごく可愛いんだよな…)

ようやく気持ちが落ちついたのか、慎吾の腕に抱かれながら、NANAも気持ちよさそうにジッとしている。

その時、扉が叩かれた。

二人同時にビクッと身体が跳ね上がり、ドアの方を見てしまう。鍵のかかったドアのノブがガチャガチャなりながら、その向こうから太陽の声が聞こえてくる。

「あれぇっ、留守かぁ？　慎吾ぉ。NANAぁ。点呼係の太陽君だぞぉ」

門限後の点呼係だ。ここで不在にされてしまうと、あとあと寮のおばちゃんからキツい追及を食らってしまう。

「ゲッ…。いっ、いるっ！　二人ともいるぞっ!!」

「なんだよ？　鍵なんかかけて、なにやってるんだ？」

「べ、別に…なんでもないっ!!」

「う、うんっ。ホントになんでもないからっ！」

「はぁ…」

扉の向こうで太陽が、怪訝な顔をしているのが目に見えるようだった。それでも単純で人を疑ったりしない彼は、とりあえず納得したらしい。

「んじゃなぁ。あとでいっしょに風呂《ふろ》入りに行こーぜー」

「あうっ…」

遠ざかっていく足音に、慎吾もNANAも肝が冷える思いがした。

「お風呂…だって。…どうしよ？」

「どうしよって、いっしょに入れるわけないだろ。なんとかごまかさないと」

乱れた着衣をそそくさと直しながら、危うく出そうになった大きなため息を、慎吾はかろうじて飲み込んだ。

NANA。可愛いけどやっぱり…やっぱりこいつは、とんでもないトラブルメーカーだ。

第二章　離れ離れの週末

その日慎吾は、朝から月島ベーカリーにいた。日曜日だが、幸い外出許可は取れている。NANAは昨日から実家に帰っていた。なんでも親との約束だそうで、毎週家に帰る事になっているらしい。

（まっ、いっくらなんでも弟になりすましての転校だもんな。家族も心配してるだろうし）

そんな事を考えながら、屈《かが》み込《こ》んでいたパン棚の前で立ち上がった。陳列されたパンの整理をしていたのだが、朝から大して商品の動きがあるわけではなかったので、それはあっさり終わってしまった。

（美味《うま》いパンなのに、ホント流行《はや》ってないんだよなぁ。この店、よく続けてられるよ）

個人経営の上にいい材料を使っているせいで、一般的なチェーン店のパン屋より、月島ベーカリーのパンはどうしても割高になるらしい。それとも店が、商店街の大通りから少し奥まった場所にあるせいだろうか。とにかく客の数が少ない。店の奥さんが入院したせいで手伝いをさせられている慎吾だが、普通ならば臨時のアルバイトを雇って、ボランティアなんかには頼らないものだ。それだけ経営が苦しいという事なのだろう。

なんて事を考えているのも、やる事がないからだ。店の主人は、奥さんのお見舞いで、今は病院に行っている。仕方なく慎吾は、一人きりの店内でレジ台にもたれてぼんやりしていた。

その時、店の自動ドアが静かに開いた。

「いらっしゃい…」

やっとお客かとあいさつしかけたが、慎吾の言葉は途中で止まった。

「たっだいま〜っ。お兄ちゃん、いらっしゃーいっ」

店の中に入ってきたのは、小柄だがはつらつとした女の子だった。背は、慎吾の肩ぐらい。胸当てがついた短めのキュロットから、細っこい華奢《きゃしゃ》な脚が伸びている。胸当ての下も（本人も気にしているので、何があっても口にしてはいけないが）多分ぺったんこなのだろう。縞々《しましま》のトレーナーの袖《そで》が長すぎるらしくて、手がちょこっとしか出ていないが、そこから丸いボールの形に膨らんだ横長のカバンをぶら下げている。

「よっ、花梨《かりん》ちゃん。部活だったんだ？」

「ううんっ。今日は練習試合。そうじゃなかったら、お兄ちゃん一人になっちゃうのに、お休みの日にまで部活になんか行けないよぉ」

ブルブルッと首を振ると、頭の左右で結んだ長い髪が、大きく揺れて頬《ほお》を叩《たた》いた。一つ一つの動作がオーバーで、あどけない顔立ちと合わさって、なんだか幼い印象を与える。

慎吾の事を「お兄ちゃん」と呼ぶからなおさらだ。何でも昔、この家の隣に住んでいて、彼女がそう呼んで懐いていた人物と慎吾が似ているからだそうだ。

「それって、俺《おれ》が頼りないって事？」

「そんな事ないよぉっ。花梨、お兄ちゃんの事は頼りにしてるもんっ！」

冗談で言ったのに、彼女はムキになったみたいだ。ぷぅっと頬を膨らませて、慎吾の顔を睨《にら》みつける。むくれた顔が、子供みたいで可愛《かわい》らしい。

「そりゃどーも。ほら。とっとと中に入った入った」

「はーいっ」

まだ少し、彼女は怒っているみたいだった。ここ、花梨のおうちなのにぃ、なんて事を言いながら、それでも素直にレジ奥の住居スペースへ入っていく。

彼女がこの店のお嬢さん。月島花梨。本当はもう一人彼女の姉がいるらしいのだが、短大進学と同時に家を出てしまっていて、今はここにはいない。

店の奥から、花梨が荷物を片付けたり、手を洗ったりする音が聞こえる。そうしながらも大きな声で、今日の練習試合の事を慎吾に話し続けている。

「ボールを追いかけていった春香《はるか》ちゃんが椅子《いす》にぶつかっちゃって、大変だったんだぁ。でもねっ、美鶴《みつる》ちゃんが補欠で入ってくれてー、花梨も一生懸命がんばったから、最後に逆転してねー」

学校で、花梨はバレー部に所属している。店での花梨しか見ていない慎吾にとっては、まだまだ子供っぽさの残るドジな女の子にしか思えないのだが、クラブの中では戦力として頼りにされているようだ。部活やクラスの友達の話もよく聞かされるし、多分人気があるのだろう。

第二章　離れ離れの週末

(明るい、いい子だもんな。ちょっとドジで、食い意地が張ってるけど)

　こんな事を口にしたら、きっと花梨はまたムキになって慎吾に食ってかかるだろう。けれど慎吾がこの店に来るようになってから、花梨の摘《つま》み食《ぐ》いの現場をもう二回も押さえているのだ。本人に言わせると、お父さんのスペシャルクリームパンが美味《おい》しすぎるからだそうだが、慎吾は彼女の食い意地のせいだと思う事にしていた。

「お待たせっ、お兄ちゃん。一人でお店番して、疲れたでしょうっ」

「気にするなって。どうせヒマだったし」

「あっ。…そう」

　慎吾の言葉に、花梨はちょっぴり悲しそうな顔をした。いけねっ。店が流行ってないの、この子は気にしていたんだっけ。なんて思っても後の祭だ。どうせお客が来ていない事は、ほとんど減っていない陳列棚のパンを見れば一目瞭然《いちもくりょうぜん》なのだし。

「花ー梨ちゃん。元気出せって。がんばってれば、この店だっていつかは流行るようになるって」

「そう？　お兄ちゃん、本当にそう思う？」

「あ、ああ…」

「…ぶぅっ。どうしてすぐに、うんって言ってくれないのよぉ」

　プッと膨れた花梨を前に、慎吾はつい引《ひ》き攣《つ》った笑顔になってしまった。自信を持って言えなくて、とはさすがに口になんか出来ない。

「まあまあ。そ、それより花梨ちゃんは、どうしてお客がこないと思う？」

「それは…えっと〜。花梨、わかんないよぉ」

尋ねられて、花梨は一瞬きょとんとした。だけどすぐ真面目《まじめ》な顔になって、真剣に考え出す。

「そうだね。どうしてなんだろ？　ねえ、お兄ちゃん。理由がわかったら、お客さん、花梨のお店に来てくれるかなぁ？」

「そりゃあ、どこが弱いかわかっている方が、対策は立てられるだろうからなぁ」

真剣な顔をして、花梨は懸命に考え始めた。腕を組んでうなっている横顔を見ているだけで、この子は本当に店の事を考えているんだなと感じられた。子供みたいに頼りない少女なのに、父親の店が大好きで、どうすれば客が呼べるかと一生懸命になっている。

「パンは、絶対に美味しいんだよね。これは花梨が一番よく知ってるもん」

真剣に考える花梨に、慎吾も思いつく事を指摘してみた。しかし値段を下げるにも材料費をケチる事は出来ないし、ましてや場所が悪いからといって引っ越しなんか出来るはずもない。パンの種類は多い方だ。ただしいつも同じ商品ばかり、並んでいて代わり映えがないような気はするが。

店の品揃《しなぞろ》えを指摘した時、いきなり花梨はパンッと両手を打ち鳴らし、いい事を思いついたと、大きなはしゃぎ声を上げた。真横に立っていた慎吾が、ギョッとして少し引いてしまったくらいだ。

「あのね、お兄ちゃん。花梨、もっのすご〜くいい事思いついたんだっ」

「いい事って、なんだよ？」

なんとなく、慎吾にも先の展開が読めたような気がした。それくらい花梨という子は単純でわかりやすいのだ。

「あのね、新しいパンを焼くのっ。新製品のパンッ。そしたらね、新しいお客さんも来てくれるかもっ」

やっぱり。わかりやすいというか、そのまんまというか。だからといって、慎吾も反論する気はなかった。花梨の言う事にも一理はあるし、明るく張りきった顔を見ていると、妨げる気になんかなれやしない。

「月島さんに言ってみるんだな。きっと、がんばってくれるんじゃないか？」

「ううんっ。花梨がガンバルのっ。お父さんはお店の事とお母さんの看病があるから、今は忙しいんだもんっ」

「かっ…花梨ちゃんがぁ？」

さすがにこれには、聞き返してしまった。以前、今日のように日曜日に一日手伝いに来た事があった。その日も店には慎吾と花梨しかいなかったのだが、お世話になっているお礼だと、手作りの昼ご飯を出してくれたのだ。

『お兄ちゃん。花梨の手料理食べて、ビックリしないでよぉ』

いつも明るい花梨だが、その日は特にはしゃいでいて、自信たっぷりという顔だった。パン屋の娘さんなのだし、料理の腕はかなり期待出来るのではと、ワクワクしながら慎吾は料理を終えた花梨と店番を交代した。

店の奥にある、家族用の台所。その真ん中にドンと置かれたダイニングテーブルの上に、湯気を立ててそれはあった。

あれは、いったいなんだったのだろうか？　慎吾には、未《いま》だにその正体がわからない。

巨大な平皿に盛られたそれは、一見カレーライスかハヤシライスのように見えた。大盛りの黄色いご飯（多分サフランライスだろう）の上にかかったソースは、ちょうどその中間の色合いを醸し出していたのだ。そこから放たれた刺激的なにおいは、インドネシアかマレーシアか、とにかく東南アジアっぽい香辛料の混ざり合ったような感じがした。

スプーンの先でつついてみると、まず鶏肉の塊があった。続いてぼろりと崩れたのは、白身魚の切り身だろうか。タマネギやジャガイモに混じって、ぶつ切りになった麺状《めんじょう》のものは、春雨か何か、とにかくそんな感じ。キャベツも入っていたみたいだが、あれはドイツ名物のザワークラフトというものだろうか。

検証しているうちに、だんだん恐怖が滲《にじ》み出《で》てきた。それでも口に入れたのは、店の方から聞こえてきた、花梨の明るい声のせい。

『どうーっ？　お兄ちゃん、美味しいーっ？　花梨ねぇ、今日はお兄ちゃんに家庭の味を食べてもらいたくってぇ、朝の五時からがんばって作ったんだよぉ』

朝の五時から、なんて言われてしまうと、さすがに食べないわけにはいかない。恐る恐る一さじ取って口に含む…が、それが何だかやっぱり彼にはわからなかった。強いていえば、酢の入ったハヤシライス。今まで一度も食べた事がない香辛料の刺激的なあと口が、飲み込んだ胃の中からもったりと漂い上がってくる。

いっそとんでもない、一口食べた途端に噴き出してしまうような味であったなら、味見をしたのかと花梨に聞く事も出来ただろう。しかしそれをするのにさえ、あまりにも中途半端な味だった。口が裂けても、美味しいとはいいがたいものだったが。

どうにか完食して店の方に戻ったが、当の花梨はニコニコしながら慎吾の事を待っていた。

『ねっ、ねっ、お兄ちゃんっ。どうだった？　花梨のお料理、美味しかったっ⁉』

キラキラした目で迫られて、不味《まず》かったとは言いにくい。

『花梨ちゃん。あれ…なんて料理？』

と聞くのが精一杯。そんな慎吾に、料理に興味を持たれたのは、気にいってもらえたからとでも思ったらしい。子供っぽい顔にパァッと花が咲いたように、花梨の笑顔は輝きを増した。

『花梨にも、わかんないっ！』

『わ…わかんない？』

『うんっ。だってね、あのお料理、花梨も今日初めて作ったんだもんっ。うんっとねぇ、名前をつけるんだったら、花梨スペシャルかなぁ？　花梨のオリジナルのお料理なんだぁ』

　オリジナルなら、仕方がないか。少なくとも花梨は、あれを美味しいと信じているようなのだし。味はともかく、せっかくの心づくしだったのだしと、批判をするのはやめにした。花梨からは期待たっぷりに感想を求められたが、とりあえずは個性的な味だとかなんとか言って、お茶を濁した。

　それでも花梨は、嬉《うれ》しかったらしい。

『よかったぁ。花梨ね、今度お姉ちゃんがおうちに帰ってきたら、このお料理出してあげるんだぁ』

　なんて言って、慎吾の言葉にずいぶんと喜んでくれた。

あの時慎吾は心の中で、俺は試食係だったのか。とか、あの料理を、姉貴に出すのかよ。とか、色々思いはしたものの、一度悪いところを指摘してやれなかった気兼ねもあって、あえてそれは口に出さずにいたものだ。

家族だったら、花梨の料理に的確な批判を下してくれるのではないかと、期待していた部分もあったし。

あれから花梨は、あの料理を姉に食べさせたのだろうか？　そうであってほしいと、慎吾は切に願っていた。ちゃんとした批評をもらって、あの破壊的な料理センスを直していてもらいたい。そうでなければ、新商品のパンを花梨が焼くなんて事は、絶対無謀だと思うのだが…。

「お兄ちゃん、どうしたの？」

青ざめかけた慎吾の顔を、ひょいと花梨は覗《のぞ》き込《こ》んだ。不思議そうな顔をして、大きな目が真《ま》っ直《す》ぐに彼を見つめている。

「あっ、いや。あの…花梨ちゃん。パンって焼いた事あるのか？」

「ううんっ。ないよっ。お父さん、パン焼き窯《がま》はお仕事に使う大事なものだからって、今まで花梨に触らせてくれなかったもん」

「それじゃあ、新商品のパンを焼くなんて、花梨ちゃんには出来ないんじゃないか？」

そういう事は、やっぱりお父さんに任せて。言外にそう伝えたかった慎吾だが、あいにく花梨には届かなかったようだ。

「大丈夫っ！　花梨、もうおっきいもんっ！　お店の為だし、ちゃんとお片付けもするって言ったら、お父さん、きっと許してくれるはずだもんっ」

自信たっぷりの顔をして、花梨はトンッと胸を叩いた。まっかせなさいっ、とでもいうように。

確かに、月島さんなら許してしまうかもしれない。厳しい職人風の親父《おやじ》ではあるが、娘の花梨にはかなり甘い性格なのだ。

「そっかぁ。そ、それじゃあ花梨ちゃん。失敗しないように、お父さんに作り方とかちゃんと聞いてからやるんだぞ。パン作りなんて、やっぱ基本が大事だと思うし」

「うんっ！　花梨、ガンバルッ！　お兄ちゃん、パンが焼けたら試食してねっ！」

ジーザス。心の中で呟《つぶや》いて、根っから無宗教のくせに、慎吾はこっそり十字を切った。

あのわけのわからない花梨スペシャルを完食した後、三日ばかり胃もたれが続いた事を思い出して。

「よーしっ。そうと決まったら、花梨ガンバローッと」

うんっと一つ背伸びをして、自分自身に気合いを入れると、花梨は店の奥に駆け込んだ。

「花梨ちゃん。何するんだ？」

「お店の前のお掃除っ！　今はね、今出来る事をやるのっ。やっぱり玄関はキレイにしとかなくっちゃねっ！」

　張りきって掃除道具を取りに行った花梨に、慎吾は小さなため息をつく。

（味覚センスはすごいけど、花梨ちゃんって一生懸命なんだよな。こりゃあやっぱり、応援しなくちゃいけないか）

　小さなため息を一つついて、慎吾は覚悟を決めた。少なくとも、この店に通える間は、花梨のパン作りに手を貸してやるのだと。

　バタバタと慌しく出てきた花梨に、軽い気持ちで声をかける。

「張りきりすぎて、失敗するなよー」

「しないよぉ。お兄ちゃんってば、花梨の事、どんな風に見てるのよぉ？」

と言われても、やっぱり心配は残る。なにしろ、毎日会っているわけでもないのに、今まで慎吾が目にしただけでも、花梨の失敗振りときたらひどいものなのだ。

　案の定、ほうきと雑巾《ぞうきん》の入ったバケツを両手にぶら下げた花梨は、自動ドアが開ききるのを待ちきれずに外へ出ようとして、長い柄をガラスのドアに引っかけた。

「危なっ…」

　ガラスを割ってはいけないと、とっさに花梨はほうきを離す。だけどそちらに注意が逸《そ》れて、足元の方がおろそかになって…。

「いったーいっ!!」

自動ドアのレールの溝につま先を引っかけて、花梨は盛大に転んでしまった。

「あーあ、言ったこっちゃない」

膝小僧《ひざこぞう》をすりむいてベソをかき始めた花梨の元へ、慎吾は慌てて駆け寄っていく。バケツに水が入ってなかったのが、せめてもの幸いか。もっとも床に水がこぼれていても、大して支障はなかっただろう。それから次の客が来たのは、一時間もたってからなのだから。

結局その日は閉店間際まで店番をして、慎吾は寮に帰っていった。店番といっても、ほとんどは花梨のパンの相談相手をしていたようなものだったが。

NANAは、まだ帰っていなかった。学校のある平日と違って、日曜日は二時間だけ門限が遅い。それでもなかなか帰ってこないと、さすがに心配になってくる。慎吾の心配が解消されたのは、門限まであと十五分と迫った時だった。

「ただいまぁっ。よかった。君も帰ってたんだ」

「あのなぁ、NANA。門限ギリギリは、そっちだろうが」

元気な笑顔を前にした途端、心配していた自分が馬鹿《ばか》みたいに思えて、慎吾はわざと憎まれ口を叩いてしまった。

「ごめんなさい。初めてだったから、その…電車の時間とかよくわからなくて」

「気をつけろよ。俺はいいけど、門限破りが管理人のおばちゃんに見つかったら、怒られるのはNANAなんだからな」

「うん、ごめんなさい。心配かけちゃって」

別にNANAの心配なんか、とか口の中でもごもご言ってはみたけれど、嘘《うそ》だという事は顔に出てしまったらしい。

「ううんっ、心配してくれてた。イジワル言ったって、ボクにはわかるんだからっ」

クスッと嬉しそうな顔で笑って、NANAは慎吾に飛びついてきた。細い両腕を腕に絡め、クスクス笑いながら間近に慎吾の顔を見上げてくる。

「よせよ、NANA」

「やーだっ。ボクねっ、二日も君に会えなくって、寂《さび》しかったんだからぁ」

部屋の中では二人きりなのだし、甘えているのだとわかってはいるが、それでもやっぱり照れくさい。大きな瞳《ひとみ》を輝かせて見上げるNANAの視線から、逃れたいなんて思ってしまった。自然に身体《からだ》が小さな円を描くようにして、狭い室内を歩き始める。それがNANAにはますます面白く感じるらしく、クスクス笑いをやめようともせず、慎吾についてちょこちょこ歩く。

「フフッ。甘～い匂《にお》いがしてる。ねっ？　今日はどこかへ行ってたの？」

「パン屋だよ。ボランティア。NANA…あんまりベタベタするなって」

「いいじゃない。ボクはベタベタしたいんだもん」

慎吾がテレている事が、本当に面白くて仕方ないらしい。このまま逃げていても埒《らち》が明きそうにないので、慎吾はピタッと足を止めた。

「キャンッ⁉」

ＮＡＮＡの方は勢いがついていたらしい。急に止まる事が出来なくて、慎吾にぶつかってしまった。顔から肩口に突っ込んで、鼻を慎吾の肋骨《ろっこつ》の上に当ててしまう。

「いった〜い」

「ドジＮＡＮＡ」

思わず慎吾の腕に絡めていた手の片方を外し、ＮＡＮＡは鼻をさすりながら、恨めしげに彼を睨んだ。肩口で、小さな頭が揺れている。鼻先をくすぐる、甘いシャンプーの匂い。その中に、慎吾はなにか慣れないにおいを嗅《か》ぎ取《と》った。

（なんだ、これ？　変なにおい……）

鼻腔《びこう》の粘膜をつんと刺激するようなそれは、どこかで嗅いだ事があるような気がした。なのにどうしても思い出せない。それは本当に微《かす》かなにおいだが、ＮＡＮＡの髪にしっかり染みついている。

「ＮＡＮＡ？」

知っているはずなのに思い出せないもどかしさが、慎吾の心を空白にしていた。

「なに？」

鼻の頭を押さえていたＮＡＮＡが、勢いよく顔を上げる。いつもと変わらない、明るい笑顔で。空白になった心の中に、それはするりと入り込んだ。一瞬心を奪われて、小さく息を飲んでしまう。

つられてNANAも、呼吸を止めた。

視線と視線がぶつかった途端、二人して気恥ずかしくなってしまう。

「ヤだっ。もうっ…」

小さな声で呟きながら、NANAは肩にそっと頭をもたせかけてきた。その瞳は、慎吾の目に真っ直ぐ向けられたままだ。

「ボクね…本当に、寂しかったんだからね」

慎吾の腕に絡ませたままだった細い腕が、よじるように蠢《うごめ》いた。長い指が慎吾のそれを探り当て、遠慮がちにそっと握り締めてくる。

甘えるように見上げる視線に、慎吾はすっかり落ちつかない気分にさせられていた。もちろん不快ではないのだが、あまりにNANAが真っ直ぐな目で見るものだから、視線をどこへ持っていけばいいのか、わからなくなってしまう。

「あっ、えっと…NANA？」

「なぁに？」

「実家、どうだった？」

「実家…？」

うろたえる気持ちを覆い隠したくて、つい尋ねてしまった慎吾の問いに、ＮＡＮＡの瞳は一瞬焦点を失った。それまでの甘い雰囲気が消し飛んで、側《そば》で見ている慎吾が不思議に思うほどに、ＮＡＮＡは困惑した顔をする。

「実家って、そんな。あの…どうして？」

「どうしてって、別に意味はないけど？　ただまあ、ＮＡＮＡの実家って、どんなかなぁって」

慎吾自身、どうして自分がこんな事を尋ねてしまったのか、よくわかっていなかった。落ちつかない気持ちを、ごまかしたいだけだったのか。それとも、メールでのやりとりとこの部屋でいっしょに暮らし始めてからの一週間の時間の中で感じたＮＡＮＡの素直な性格以外、自分が彼女の事をほとんど知らない事が気になったのか。ただ、本当に深い意味なんかなく、聞いてみただけなのだ。

それなのに、ＮＡＮＡはすっかり困り顔だ。視線を逸らせてうつむいて、じっと考え込んでいる。

慎吾が不思議に思うほどに。

「ＮＡＮＡ？　どうしたんだよ？」

「どうって、別に。あの…そんな事、どうでもいいじゃない」

俺は何か、聞いてはいけない事を聞いてしまったのだろうか。実家に帰ってどうだったかなんて、大した事でもないと思うが。

まあ、別にいいけど…と呟くと、NANAは少しホッとしたような顔をした。笑顔混じりで上目づかいに睨みつけ、もうっ、なんて言いながら、首筋に頭を擦《こす》りつけてくる。まるで、猫がじゃれついてくるみたいに。

「なんだよ、NANA。実家の事って、聞いちゃダメなのか？」

「う、ううんっ。そうじゃないけど…」

「だったらなんだよ？」

「だって、いきなりだったんだもん。どう答えたらいいかなって、考えちゃった」

「なんだよ、それ…」

なにごとかと思ったのに、ただそれだけの事だっていうのか？　今でもNANAの顔には、なにかを隠しているような気まずげなものを感じているのに。

ムッとした気持ちが、慎吾の顔にも出たのだろうか。困惑気味だったNANAが、いきなり唇を尖《とが》らせた。

「あーっ。君、ボクがなにか隠し事をしているって思ってるでしょう？」

「べーつに。そんな事、考えてねぇよ」

「ウソッ。その顔は、疑ってる顔」

何が疑ってる顔だよ。だったらNANAが育った家の事くらい、聞かせてくれてもいいじゃないか。

　なんとなく素直になれなくて口には出せないが、やっぱり慎吾も興味はあるのだ。

「もうっ…。それじゃあボクの方も聞くけどぉ、君だって実家に帰る事はあるんだよね？」

「んっ？　そりゃあ、あるけど」

「だったらさ、君は実家ではどんな風なの？」

「どうって…」

　どう、と改めて聞かれると困ってしまった。だいたい実家に帰ったのなんて、もう二ヶ月以上も前の事だ。寮生活も長い慎吾にとって、帰省なんてちょっとした非日常、くらいにしか感じられなかった。いつものように家に帰って、その日は大好物のカツ料理が出されはする。だけどそれ以外は、だんだんと馴染みがなくなっていくような自分の部屋で、ただだらだらと過ごすばかり。面白い事なんか、何もない。

「別にどうもしないいさ。ただのんびりして、ごろごろしてるばっかかな」

「でしょう？　ボクだって、そうだもん。そりゃあ、そのぉ…みんな色々と聞いてくるよ。寮の事とか、えっと…君の事とか」

「俺の事ぉ？」

「そりゃあそうだよ。ボクと同じ部屋にいるんだし、なによりボクは君に会いたくてこの学園に来たんだから。気にするのは、当たり前だって」

「それで、NANAはなんて言っているんだよ？」

「んっ…知りたい？」

「当たり前だろ」

NANAの大きな目が、悪戯《いたずら》っぽく慎吾を見上げた。どうしよっかな〜なんて言いながら、わざと焦《じ》らしてみたりする。

からかわれるのが悔しくて、逆襲してやる事にした。

「NA〜NA。素直に言わないと…キライになるぞ」

「えぇっ⁉ そんなのヤだっ‼」

まったく本気じゃありませんよ。半ばニヤつくようにしながら、わざとそんな顔して言ってやったのに、NANAの反応は大げさすぎるほどだった。一瞬にして泣き出しそうな顔になり、慎吾の腕にすがりつく。

「ボクッ、君の事悪く言ったりなんかしてないよっ！ だって、大好きなんだもんっ！」

「おい、NANA…」

「ホントッ！ ホントだからねっ！ あのっ…伯母さんにだって、君はとっても優しくしてくれるんだからって、ちゃんと言っているんだからっ！」

「NANA…。伯母さんにまで言ってるのかぁ？」

かなり、ビックリした。思わず大声で聞き返してしまったが、その声にNANAの方も息を飲む。

「う、うん…」

「なんだよ、それぇ。NANAんちって、いったいどんな大家族だよ…」

「大家族って、別に…。伯母さんは、その…特別だから…」

特に仲がいい親戚とでもいうのだろうか？

訝《いぶか》りながら、ついジロジロとNANAの顔を見下ろしてしまった。そんな慎吾にまた不安になってしまったのか、NANAは泣き出しそうな顔をする。

「あの、ね。その…ボクの事、キライにならないで…」

なんだ、NANAの奴《やつ》。ほんの軽い冗談なのに、そんな事でマジになるなよ。

困らせたり、怯《おび》えさせたりしないよう、気を遣ったつもりなのに、まったく通じていなかったらしい。ちょっと、面倒くさいな、なんて思いながら、慎吾はNANAを抱きしめた。

「あっ…」

「ダーイジョウブだって。本当に、ただの冗談だったんだから」

「でも…」

「それともNANAは、俺の言う事なんか信じられないって言いたいのかぁ？」

「そんなっ…あっ…」

小さな頭を抱き寄せて、手のひら全体で撫《な》でてやった。突然の事に反応出来なかったのか、NANAの身体がキュッと強張《こわば》る。

「だったら、そんな泣き出しそうな顔するなよ。俺…なんだか悪い事しちまったみたいな気になるだろ」

「んっ…。ごめんなさい…」

NANAの身体から力が抜けた。その身をそっと慎吾に委《ゆだ》ね、ゆっくりと持ち上げた細い手で、彼の背中をギュッと掴《つか》む。

肩口にもたせかけられたNANAの髪から、またあのにおいが鼻腔の奥にもぐり込んできた。ツーンとしていて、なんとなく薬っぽい。

「NANA…」

このにおいは、なんだろう？　そう聞きかけて、慎吾は口ごもった。別に臭いわけではないが、女の子ににおいがするなんて言って、嫌がられたりはしないだろうか。それでなくてもたった今、わざとらしい冗談に過剰に反応されたところなのに。

「なぁに？」

聞き返し、見上げたNANAは、もういつものNANAだった。傷ついた素振りなんかこれっぽっちもない、明るい表情。じっと慎吾を見上げる目には、深い愛情が感じられる。間近に見えた薄く結ばれた唇に、唐突な衝動がわき上がってきた。キスしたい。聞こうと思っていたにおいの事さえ、あっという間に消し飛んでしまっている。

ＮＡＮＡも、慎吾の思いに気づいたらしい。一瞬ビックリしたみたいな顔をしたけれど、すぐに恥ずかしそうに頬が赤くなり、それからゆっくりと目を閉じた。

ほんのちょっぴり顎《あご》を上げて、ＮＡＮＡは口づけを待っていた。さくらんぼみたいな唇に吸い寄せられるようにして、慎吾はそろそろと唇を重ねようとする。

「橘っ！　神崎君っ！　いるかっ⁉」

声と共にノックの音がし、こちらが返事もしないうちに、あっさりドアは開かれた。返事をするどころではない。慌てて互いを突き飛ばし、ＮＡＮＡはベッドの上。慎吾は自分の椅子の上へと、バックステップで下がっていた。

「…なっ？　どうしたのだ？」

ノックの主は、光だった。キスしようとしているところはかろうじて見られずにすんだようだったが、明らかに焦った様子の二人を見て、目を丸くしてしまっている。今、この二人は飛び離れたようだったが、いったい何をしていたのだろう、と。

「ど…どうしたって、こっちの台詞《せりふ》だ。いきなり…なんの用なんだよ？」

激しい動悸《どうき》はともかくとして、自然に荒くなってしまった呼吸は、そう簡単に抑えきれるものではない。焦りながらどうにか聞いた慎吾に、光はムッとした顔をする。

「門限点検だ。まったく、どうしてこのボクが…」

「しょうがねぇだろ。あのおばちゃんには、伊集院グループの御威光も通じやしないって」

「わかってはいるが…」

どうやら光は、点呼係を命じられた事で、不機嫌になっているらしい。それでも二人が部屋にいる事だけを確認すると、あとは何も追及せずあっさりと出て行ってくれた。

NANAと二人で残された部屋で、慎吾は大きなため息をつく。

「まったく…。寮なんて、クソくらえだ」

「そんな事、言っちゃダメだよ」

「NANA…。お前って、本当にのん気だな」

こないだはエッチの直後に点検係のノックをされたし、落ちつける事なんかこれっぽっちもない。涼しい顔をしているNANAに、つい八つ当たりさえしたくなってしまう。

不機嫌になってしまった慎吾の事を微笑《ほほえ》みながらじっと見つめ、やがてNANAはクスッと笑った。見つめているだけで嬉しくなって、我慢が出来なくなったのだ。

「だってボク、寮って好きだよ。もしもここのみんなが寮に入らなくちゃいけないんじゃなかったら、こうして同じ部屋で暮らす事なんて出来なかったんだもの」

「まあ、それは…」

確かに慎吾が自宅通学をしていたら、そんな事は出来るはずがない。NANAといっしょに暮らせるのは、ここが全寮制の学園だからだ。

「朝起きた時から君といっしょにいて、いっしょに学校に通って、隣同士の席で授業を受けて、また同じ部屋に帰って、晩ご飯もいっしょに食べて、いっしょに寝るの。今ね、ボク、今まで生きてた中で、一番幸せだよ」

「そ…そうか」

　NANAの言う事がいちいち大げさなのには、そろそろ慣れてはきた。それでもこんな風に面と向かって言われてしまうと、やっぱりまだ照れくさい。意地とかプライドとか、少しでも自分が優位に立とうなんていう計算なんかはこれっぽっちもなく、NANAは慎吾に向かって呆《あき》れるほどストレートに思っている事をぶつけてくる。

　座り込んでいたベッドの端から立ち上がり、NANAは慎吾の前に来た。椅子に腰かけたままの彼の前に膝をつき、甘えるように膝に頭を乗せてくる。

「そうだよ。だって、大好きな人といっしょにいるんだもの。幸せじゃないはずがないよ。ずっと…ずっとこのままでいられたらいいな。二人きりでね、ずっとこの部屋で暮らすの」

「バ…バーカ。卒業しない気かよ？」

　胸の奥のくすぐったさに我慢が出来ず、わざとこんな軽口を叩いた。膝の上に乗せられた頭を手で押さえつけるようにして、照れ隠しに乱暴に撫でる。グイグイと頭を揺すぶられて、それでもNANAは嬉しそうだった。

「フフッ、そうだね。卒業しちゃうんだよね。でも…そうだったらいいなぁって」

ＮＡＮＡがクスクス笑う度、ジーパン越しに吐息が膝の上にかかって、くすぐったい感じがした。それともこれは、膝の上に乗っているのがＮＡＮＡだからなのだろうか。

落ちつかなくて揃《そろ》えさせられていた脚をもぞつかせると、ひょいとＮＡＮＡは顔を上げた。慎吾の膝に両手を揃えて置いたまま、じっと顔を見上げてくる。

「なんだよ？」

「さっきの続き…ダメ？」

ねだるように見つめられて、もちろん慎吾に異存はなかった。まだ照れくささは残っていたが、両手でＮＡＮＡの頬を包み込む。そっと顔を寄せていくと、ＮＡＮＡは静かに目を閉じる。

唇を重ねた刹那《せつな》、ＮＡＮＡは再び腕を伸ばして、慎吾の背中に手を回した。すがりつくように抱きしめられて、胸が熱く高鳴って、椅子の上では不安定だと、彼はそろそろと床に下りた。

口づけをそっと離すと、ＮＡＮＡは誘うような目をして、床の上にぺたりと座る。そんなＮＡＮＡをそろそろと横たえさせながら、慎吾はまたあのにおいを嗅いでいた。だけどそれは本当に微かなものだったし、彼にとってはどうでもいいような事になっていたから、あえて何も聞いたりせず、床の上から見上げるＮＡＮＡにのしかかりながら口づけた。

第三章　拗ねたり甘えたり

「ねえねえっ。今日は、どうするのっ？　いっしょに帰らないっ？」

一日の授業が終わり、担当教師が教室を出るのとほぼ同時に、隣の席からNANAは慎吾に聞いてきた。彼女が神崎七瀬として編入してから、もう二週間近くになる。初めのうちは、慎吾もNANAにあまり人前ではベタベタするなと言っていた。しかしだ、言った時にはNANAも素直に頷《うなず》くのだが、そんな事はほんの数時間もすれば頭の中からすっぽり抜け落ちてしまうらしい。NANAの態度はすぐ元通りになってしまって、最近では慎吾もすっかりあきらめモードに入っていた。

からかっていたクラスメートや寮の仲間も、今ではこれが日常と知らん振りを決め込んでいる。飽きたのか、それとも関《かか》わりあいになりたくないのか、慎吾としてはほんの少しだが気になるところだ。

それでも慎吾は、今のこの状況を、素直に受け入れる事にしていた。なんといっても、NANAはやっぱり可愛《かわい》いのだ。自分を一途《いちず》に慕ってくれる姿に毎日接しているうちに、世間の風評などという些細《ささい》な事など、もうどうでもいいとさえ思えてしまう。

今もNANAは、散歩につれて行ってもらうのを待つ子犬のように、期待に目を輝かせながら、慎吾の返事を待っている。

「そうだな。今日は、真《ま》っ直《す》ぐ寮に帰るか」

「やったぁっ！　そうこなくっちゃっ！」

椅子《いす》を蹴《け》るようにして立ち上がり、ＮＡＮＡはカバンを取り出した。

「早く早くっ。いっしょに帰ろうっ」

たった十分の道のりを並んで歩くのが、そんなに嬉《うれ》しいものなのだろうか。そう思うと、また少し気恥ずかしくなってくる。

「わかったから、そんなに急《せ》かすなって。焦って宿題のノート、忘れるなよ」

「いっけないっ。英会話、宿題出てたんだっけ」

成績はいいくせにどこか抜けているＮＡＮＡだ。机の中から、慌ててＣＤを取り出した。今日の宿題は、聞き取りらしい。英語が苦手な慎吾ならば、うんざりしてしまうところだろう。

帰り道、住宅街で肩を並べて歩きながら聞いてみたが、慎吾の想像は当たっていた。

「そうだよっ。この中の例文を聞いて、和訳して次の授業までに提出。君のＣＤデッキ、貸してね」

「あいよ。だけど大変だな。ヒアリングで和訳なんて、俺《おれ》だったらゾッとするよ」

ＮＡＮＡの宿題は、選択授業のものだった。慎吾は化学をとっているので、英会話の宿題はない。

「そう？　よその国の言葉を聞くのも楽しいよ。あーあ。君も英会話にしてればよかったのに」

「ジョーダンッ。ンなモン選択してたら、俺の週末の外出許可はゼロになっちまう」

とにかく英語は苦手だった。NANAとメールのやり取りをしていた頃《ころ》、その事も書こうとしたのだが、ついカッコつけて、

『英語には特に思い入れがあるんだよな。まっ、察してくれたまい』

なんてごまかしてしまい、慎吾は英語が特に好きなのだと、勘違いさせてしまったのだ。

転入の時、NANAは英会話を選択して、特別授業では慎吾と別々になってしまった。

その事だけは不満らしく、今でもNANAは時々こうして文句を言う。

「あーあ、つまんないっ。これさえなかったら、ずっといっしょの授業なのに。ねっ、君の選択授業って、どんなの？　化学でしょう？　今日は宿題出た？」

「NANA。そんな一度にまとめて聞くなよ」

「あっ。ごめん…」

「ま、いいけどな。俺の方は宿題なし。今はペア組んで実験やってるから、そいつのまとめぐらいかな」

軽く注意しただけで、すぐ反省するのはNANAのいいところだ。慎吾もあっさり気を取りなおして話に戻る。

「化学は三十人が選択してるんだ。男子が二十三人で女子が七人な。実験がメインだから面白いぜ」

「フーン…いいなぁ。ねぇ、ペア組んで実験って、どんなの？」

「自由実験さ。自分達《たち》でテーマを決めて実験して、今月末に発表するんだ。俺と澪《れい》ちゃんは、銅の精製と化学変化について実験してるんだぜ」

「澪…ちゃん？」

NANAの表情が、微《かす》かに曇った。慎吾のペアを組んでいる相手が女の子だと知って、少しビックリしたようだ。妬《や》いているのかなと思うと、ちょっと愉快な気分になった。ずっと二人して男子棟にいるものだから、NANAが慎吾の人間関係でやきもちを妬くなんて、滅多にある事ではない。

悪戯心《いたずらごころ》がわいてきて、少しNANAをからかってやろうかなんて気持ちになってしまう。

「どうした、NANA。澪ちゃんがどうかしたのか？」

「ううん。別にどうもしないけど…その人、澪ちゃんっていうんだ」

「そっ。須藤《すどう》澪ちゃん。鷹宰学園始まって以来の天才少女だって、職員室でも噂《うわさ》の的なんだぜ。NANAも、名前くらいは聞いた事あるだろう」

「う、うん…」

やっぱりNANAも覚えていた。なにしろ須藤澪といえば、教師全員のお気に入り。授業態度でも成績でも、とにかく生徒に注意をしたり発破をかけたりする時は、須藤澪を見習えというのが、この学園での決まり文句になっているほどだ。

「やっぱ、知っていたか。NANAは澪ちゃんの噂って、聞いた事あるか？」

「ううん。そんなのないよ。授業中に先生が言ってるの聞いただけ」

これは少し意外だった。教師達だけではない。生徒達の間でも、須藤澪はよく噂に上る少女なのだ。ただしこちらは、かなりやっかみ混じりのものではあるが。NANAがこの学園に来てから、最近ではようやく慎吾以外の生徒達とも緊張しないで普通に話せるようになったのに、澪の噂を聞いていなかったとは。

それだけNANAは、まだ慎吾にベッタリだったという事なのだろうか。

だけどそれは、今の慎吾には好都合だった。NANAの事をちょっとからかってやろうと思っていた彼には。

「そうか。…澪ちゃんってな、頭がいいってだけじゃないんだぞ」

ニッと笑って言った途端、NANAは怪訝《けげん》そうに目を細めた。不安が混じるその表情に、思いどおりだと慎吾はつい調子に乗ってしまう。

「NANAはまだ見た事がないだろうけどな、すっげぇ美人なんだぜ。長い真っ直ぐな黒髪で顔なんか小さくて、ちょっと冷たい感じがするんだけど、それがいかにも美人って感じなんだよな」

「そんなに、綺麗《きれい》な人なの？」

「ああ。みんな言ってるぜ。あんな美人、女優やモデルくらいじゃないと、ちょっといないだろうなぁ」

「…そう」

ほんの軽い気持ちだった。澪とは、週に三回の選択授業の、しかも今月限定でペアを組んだ相手に過ぎない。確かにものすごい美人だとは思うが、それ以上の感情などこれっぽっちも感じていない。だから慎吾も、彼女の事をネタにして、ほんのちょっぴりＮＡＮＡをからかってみたのだ。

だけどＮＡＮＡは、そんな風には取らなかったようだ。慎吾の話を聞いているほんの短い間に、みるみるうなだれてしまっていた。悲しそうな表情で、足取りまでが遅くなる。

「なっ…。ＮＡＮＡ、なんだよ？」

「何って、別に…」

「別にじゃないだろ。そんな、元気出せよ」

「だって…」

ＮＡＮＡは、今にも泣き出しそうになっていた。澪の事をわざと強調して誉《ほ》めはしたが、まさかここまで気にするなんて思いもしなかったのに。

「ＮＡＮＡ、そんな顔するなよ。確かに澪ちゃんは美人だけど、俺はなんとも思ってないって」

「…ホント？」

「ホントホント。澪ちゃんとは、たまたま席が近かったし、人数の関係でペアになっただけなんだから。だからそんなに気にするなよ」

「うん。ごめんなさい…」

うんと言いはしたものの、NANAはまだ気にしているような様子だった。しかし慎吾は、本当に澪に対して特別な感情なんかこれっぽっちも持っていないのだ。

(なにしろなぁ、冷たい感じ、なんて可愛いものじゃないんだよなぁ)

同じ化学の授業を選択していて、確かに席も近かったが、それまで慎吾は澪と話をした事はほとんどなかった。いつも休み時間の早いうちから化学室には来ているが、授業の下準備をしているばかりで、話しかけるような雰囲気ではない。ペアを組んでいっしょに実験をしている今でも、澪の態度は変わらなかった。それどころか、ちょっとでも実験と関係のない話をしようとすると、いかにも馬鹿《ばか》にしたような冷たい視線で睨《にら》みつけてくるのだ。

『あなた、本当に勉強する気があるの？　邪魔をするつもりなら、先生に言うわよ』

実験に使う石を砕いている間、女子棟の友達の事を聞いた途端、返ってきたのがこれだった。それまで慎吾は気にしてなんかいなかったのだが、冷たい性格だのお高くとまっているだのといった、澪についての悪い噂があれこれ思い出されてしまう。改めて澪の様子を窺い見たが、彼女は眉一つ動かしてはいなかった。自分の言葉で慎吾がどう感じたかなど、まったくどうでもいい事のようだ。

ＮＡＮＡはあんなによく笑って、表情だってものすごく豊かなのに。慎吾は心の中で、つい二人の少女を比べてしまったくらいだ。

そんな事があったくらいなのだから、慎吾にとっては本当に軽い気持ち。それどころか、自分の中でＮＡＮＡと澪とを改めて比べるような、それでやっぱりＮＡＮＡの方が好きなんだと確認するような気持ちでさえあったのだ。そのＮＡＮＡにここまで派手に沈み込まれては、慎吾は焦るしかなかった。

「ＮＡＮＡ。お前、まだ気にしてるだろう？　俺はホントに澪ちゃんの事なんか、なんとも思ってないんだからな」

「でも、澪ちゃんなんだ」

「うっ。それはだな、ほら。須藤さんなんて言いにくいから…」

だいぶ安心したようだが、ＮＡＮＡはまだ少し拗《す》ねているようだった。余計な事を言うんじゃなかった、なんて思いながら、慎吾は懸命に弁明を続ける。

そんな二人の後ろを、ついて歩いている男がいた。慎吾達と同じ鷹宰学園の制服を着ているのだから、同じ寮の生徒だろう。帰り道が同じなのは、当たり前の事だ。

彼は慎吾達の後ろ七メートルの距離をピッタリと保ったまま、二人とまったく同じスピードで歩いていた。その目は時折困ったような顔をする慎吾にも向けられはしたものの、ほとんどが拗ねっぱなしのＮＡＮＡの顔を見つめていた。

眉を下げ、憂いを帯びた眼差《まなざ》しで、慎吾を見つめる大きな目を。

不機嫌そうに結ばれて、ほんの少し尖《とが》らせた唇を。

強張《こわば》りながら、プッと膨れる柔らかそうな頬《ほお》を。

男は妙に真剣な眼差しで、寮に着くまで見つめ続けていた。

けれどＮＡＮＡの機嫌を取るのに忙しかった慎吾は、そんな目で自分達を見ている男がいる事になんか、まったく気づきもしなかった。


部屋に戻っても、ＮＡＮＡの機嫌はまだ直ってはいなかった。他《ほか》の女の子の話をＮＡＮＡにしたのは初めてだったが、意外とやきもち妬きだったのだろうか。教科書やノートの詰まったカバンを机に置くと、ＮＡＮＡは着替えもしないままで、ベッドの端に腰かけた。

その顔は、まだ少し拗ねている。

「ＮＡＮＡ。いい加減にしろよ。澪…須藤さんとは、本当になんにもないんだって」

「それは、わかってるけど…」

「それじゃあなんだよ？」

いい加減、膨れっ面はやめろよな。なんて思いながら、慎吾はＮＡＮＡの前に立ち、腰を屈《かが》めて睨みつけた。ＮＡＮＡはうつむいたまま、目の動きだけで慎吾を見上げる。

「あの…ごめんなさい」

「だからぁ、別に謝らなくてもいいんだけど」

「でもボク、その…あぁっ。もうっ、イヤになっちゃうっ！」

いきなり大声を上げたＮＡＮＡに、さすがに慎吾もビックリした。思わず後ずさりしそうになった足をその場にとどめ、ＮＡＮＡの顔を覗《のぞ》き込《こ》む。

「もうっ、イヤになっちゃうっ！　本当にごめんなさいっ！　ボク、自分がこんなイヤな子だなんて、思いもしなかったっ！」

「ＮＡＮＡ？　イヤな子って、なんだよ？」

いったい何を言い出したのかと、慎吾にはわけがわからなかった。ＮＡＮＡは、自分と澪との仲を疑って、それで怒っていたのではなかったのか？

「だってボク、君にイヤな顔ばっかり見せてる。澪さんの事、なんとも思ってないって何度も言ってもらってるのに、まだちょっとホントかなって思っちゃって…。信じてる。君の事、信じているはずなのに…」

理性ではもう納得しているのに、一度生まれた嫉妬《しっと》の思いが、感情の奥深い部分から去ろうとしない。ＮＡＮＡ自身、自分で自分の気持ちに、戸惑っているようだ。

たどたどしくだが、自分の思いを一生懸命説明しようとしているＮＡＮＡを見ていると、それだけでひどく申し訳ない事をしてしまったような気になった。それと同時に、こんなにも自分の事を思ってくれているNANAの気持ちに、胸が熱くなってしまう。

「わかった。わかったから、そんなに自分を責めるなよ」

「でも、ボク…」

「いいんだって。そんなの、誰《だれ》だって少しは思う事なんだから」

「ホント？　本当に、これってボクだけじゃないの？」

「本当だって。だから、な？」

ようやくNANAは、顔を上げた。嫉妬した事を、よほど気にしていたのだろうか。すがるような眼差しで、慎吾の顔を見上げている。

柔らかな頬に手を伸ばすと、ようやくNANAはホッとしたような笑みを浮かべた。細い腕が伸ばされて、彼の首に回される。引き寄せようとする動きに、慎吾も素直に従った。NANAの身体《からだ》がベッドの上に倒れ込み、慎吾もその上に覆《おお》い被《かぶ》さる。

間近に顔を覗き込むと、嬉しそうにNANAは笑った。人差し指で慎吾の鼻の頭に触れて、そろそろと撫《な》でてみる。

「よかったぁ。嫌われなくて」

「バカNANA。それくらいで嫌ったりするかよ」

「それくらいなの？　私《わたし》、なんだか自分がものすごく嫌な子になっちゃったみたいで、自分で自分が嫌いになっちゃいそうになってたのに」

「気にしすぎなんだよ、NANAは」

すりすりと鼻をさする華奢《きゃしゃ》な手を握り締め、そっとそこから離させた。首を伸ばして口づけをせがむNANAにキスをしながら、慎吾の手は上着のチャックを外している。シャツの前も開けさせると、タンクトップに覆われた平らな胸が現れた。

慎吾だけが知っている。この下にあるさらしをほどけば、ふっくらと柔らかな女の子の胸が現れるのだという事を。

タンクトップの中に手を差し入れ、胸の谷間の上辺りで巻き込まれたさらしの端を探り当てた。背中を浮かせるNANAの胸から、少しずつそれを緩めてやる。やがてボリュームのあるおっぱいが、巻きつけた布を押し上げた。

「ふぅ…。苦しかったぁ」

「NANAも大変だよな」

「うん。でもね、君の側《そば》にいる為《ため》だもん。だから平気」

ニッコリと微笑《ほほえ》むと、NANAは慎吾を抱きしめた。鼻先がNANAの肩に埋められる。腕を回して抱き返しながら大きく息を吸い込むと、甘いシャンプーの匂《にお》いが慎吾の鼻腔《びこう》をいっぱいに満たした。NANAの髪の匂い。ただそれだけ。

しばらくの間ベッドの上で抱き合っていたが、やがて慎吾は立ち上がった。ドアの鍵《かぎ》をかけている間に、ＮＡＮＡはベッドの上に座り直すと、恥ずかしそうに自分で上着とシャツを脱いでいる。それからタンクトップの中に手を差し入れて、今ではただ巻きついているだけになっていたさらしを、もそもそ外した。

「タンクトップは？」

「んっ。脱ぐけど…」

自分から裸になるのは、やはり恥ずかしいらしい。

ＮＡＮＡの目の前で立ったまま、慎吾はわざと堂々と見えるように服を脱ぐ。彼が裸の上半身をさらしても、ＮＡＮＡはまだためらっている。それでも覚悟は決まっていたのだろう。どうした、と言う代わりに笑いかけると、やっとＮＡＮＡは恥ずかしそうにしながらも、ぎこちなくそれを脱ぎ捨てた。

屈み込んでキスをして、そのままベッドに倒れ込もうとしたのだが、ふと慎吾は思いついて動きを止めた。このままじゃあ、いつもと変わりがないんだよな。今日はちょっと、変わったことをしてみようか。

「ねっ？　どうしたの？」

慎吾が動かないものだから、ＮＡＮＡは怪訝な顔をする。ＮＡＮＡだって待っているのだ。いつもと少し趣向を変えたところで、きっと大丈夫だろう。

「ＮＡ〜ＮＡ。ベッドに横になって」

「う、うん…」

　言われるままにNANAはベッドに横たわり、じっと慎吾を見つめている。両方の手が乳房の上にそっと置かれて、慎《つつ》ましくそれを隠していた。もう何度もエッチした相手の前でも恥じらいを失わないNANAが、慎吾には愛《いと》しくてたまらない。

　ギシッとバネを軋《きし》ませてベッドの端に腰かけると、慎吾はNANAのズボンのベルトに指をかけた。NANAは少し驚いたみたいだ。ビクッと身体を強張らせ、背を向けているから見えはしないが、上半身を浮かせようとする気配がする。

「あの…なにするの？」

「たまにはいいだろ？　ちょっと変わった事、してみようぜ」

「う、うん…」

　何をするのかもわからないままに、NANAは小さく頷いた。互いの頭の位置が逆になるようベッドの上に這《は》い上《あ》がり、NANAの上に覆い被さりながら慎吾は彼女のベルトを外す。音を立てて、ベルトのバックルやズボンのチャックが外されていくのを見守りながら、NANAは少し不安そうな顔をする。

「なっ？　NANAも俺の、脱がせてくれるか？」

「う、うん。わかった…」

　繊細な指が、慎吾の腰にかけられる。腕を持ち上げ、ぎこちない手つきで慎吾のベルトを外し、彼がするのを真似《まね》するように、そろそろとズボンを脱がせていく。

紺色の学生ズボンの下から現れた白い脚を見ただけで、慎吾の胸は高鳴った。下着の縁に指をかけ、ゆっくりとそれをずらしていく。微かな熱気と共に甘酸っぱいような匂いが立ち上り、可愛らしい茂みが顔を覗かせた。思わず息を飲んでしまったが、同時に股間《こかん》のモノが当たり前の反応を示す。

おかげでNANAは大変だった。手を持ち上げて、顔の上辺りに覆い被さった慎吾のズボンを脱がせるのだ。しかもその間に彼のモノが大きくなっていくのだから、どうすればいいのかわからない。なんとかズボンを膝《ひざ》まで下ろさせ、下着に手をかけたのだが、前が引っかかりそうになってどうしても動きがぎこちなくなってしまう。

「ね…ねえ」

困惑したような声で足元からNANAに呼ばれ、慎吾はひょいとそちらの方を覗き込んだ。彼女は顔を真っ赤に染めながら、困りきった目で見上げる。だけど何も言いはしない。自分がどんな風に困っているのか、恥ずかしくて説明出来ないのだ。

NANAの気持ちを察した慎吾は、自分から下着の前をずらしてやった。大きく膨らんだ彼自身が、NANAの目の前にブルンと震えて現れる。

キャッ、と可愛い悲鳴を上げて、NANAは顔を、耳まで赤く染め上げた。しかしその目は慎吾のモノにくぎづけになって、大きく見開かれている。

「NANA。舐《な》めてくれよ」

「う、うん…」

どうしてほしいか言ってもらえば、それで気が楽になるらしい。NANAはおずおずと手を伸ばし、垂れ下がった肉茎を細い指で優しく支える。慎吾自身も視線を戻し、NANAの股間に顔を寄せる。

「あっ、ダメ。あんまりじっと見ちゃ…」

「大丈夫。見るだけじゃないから」

指で、肉襞《にくひだ》を掻《か》き分《わ》けた。鮮やかな紅色に色づいた粘膜に、遠慮なく舌を押しつける。

「あふっ！　あっ、あぁっ…」

「NANA。俺のは？」

「うっ…う…ん…」

大きく開いた太腿《ふともも》をブルブルと震わせながら、NANAは慎吾を舐め始めた。硬くなった茎の部分に舌を這わせて唾液《だえき》をまぶし、先端をそっと唇に含む。雁《かり》の上に舌を押しつけ、舐めまわしては軽く吸い上げる。

NANAの愛撫《あいぶ》が始まった途端、慎吾は思わず動きを止めた。しかしすぐ気を取りなおし、再び秘部を舐めしゃぶる。粘膜の上に唾液を滴らせては舌を往復させた。繰り返して覗き込むと、口を開いた膣口《ちつこう》が待ちきれないとでもいうようにヒクヒクと震えている。縁の部分にトロッとした蜜《みつ》がたまり、照明の明かりを受けて鈍い光を放っていた。

「NANAのここ、もう濡《ぬ》れてるぞ。なんだか、溢《あふ》れそうになってる」

「ヤだっ！　見ちゃダメって言ったのにぃっ」

途端にNANAは唇を外して、慌てたように抗議した。とっさに脚を閉じようとしたが、慎吾の頭が邪魔をして、むっちりとした太腿で彼の頬を挟んだだけだ。

そんなNANAが可愛らしくて、慎吾はわざと顔を離すと、指で肉唇の縁をなぞった。後ろ側の合わせ目から、クリトリスの方へと向かってそろそろと撫でていく。わざと焦《じ》らすような動きに耐えきれないのか、ベッドの上でお尻《しり》をくねらせ、NANAは激しく身悶《みもだ》える。

「あンッ！　ヤだぁっ。ねっ…息がかかるのぉっ」

「こんな風に？」

ひくつく肉穴にフッと息を吹きかけて、溢れる蜜を指にすくった。NANAがヒッと息を飲むが、もちろん慎吾はお構いなしだ。一度で大量に流れ出てきた花蜜で肉庭をまぶしてやり、そのままぬめった指の先で、艶々《つやつや》とした肉の粒をキュッと摘《つま》む。

「あっ…あぁっ！　ダメェッ!!」

クリトリスを摘まれた途端、NANAは大きく尻を揺すった。円を描くように腰をうねらせ、いやらしく身をのたうたせる。

快感に喘《あえ》ぐNANAに覆い被さっていた慎吾は、慌てて顔の位置を上げた。あんまりNANAが激しく悶えるものだから、姿勢を保つ事が出来ない。肉芽を離して両手で小さな尻を鷲掴みにすると、今度は慎吾がベッドの上に背を落とす。

「あっ。やめな…」

やめないでと言いかけて、途中でNANAは言葉を飲み込んだ。はしたなくおねだりしてしまいそうになった自分に、どうやらうろたえてしまったらしい。

「いいから。今度はNANAが上になって」

「えっ？　でも、恥ずかしいよ…」

もじもじと尻を揺すりながら、それでもNANAは請われるままに慎吾の上にまたがった。すぐ目の前に秘裂がくるよう身体の位置をずらさせて、そのまま腰を落とさせる。

丸いお尻を抱き寄せながら、剥《む》き出《だ》しになった粘膜に口全体でむしゃぶりついた。軽くそこを吸い上げて、伸ばした舌を膣口に捩《ね》じ込《こ》む。

「あうっ！　あっ、はぁぁっ…」

甘く尾を引く喜悦の声を上げながら、NANAもまた慎吾のモノを口いっぱいに頬張っていた。口内粘膜を暈《かさ》の張り出しに押しつけながら、その先端を思いきり吸い上げる。肉茎に絡みついた細い指は、きつく弱くそれをしごき、勢いあまって外れてしまうと、今度は袋を軽くくすぐる。

荒い息遣いとくぐもったうめき声が、密閉された部屋の中を満たしていた。互いの汗と性臭が鼻腔の奥を刺激して、興奮の度合いをますます高める。

肉茎がピクピクと脈打ち始めた頃、いきなりＮＡＮＡはそれを口から吐き出した。プハッと息を吐きながら首を捻《ね》じ曲《ま》げ、熱っぽい目で彼を見る。

「ねっ、もう…」

欲情に潤んだ瞳《ひとみ》だけで、慎吾にはＮＡＮＡが何を求めているのかすぐにわかった。このまま口の中に出してしまいたい気もしたが、ぬるぬるとした肉壁に締めつけられる快感も捨てがたい。

「こっちに、欲しい？」

唇についた愛液を舌で舐め取りながら、慎吾は指を開いた肉穴の中に挿し入れた。爪の辺りまでを入れてやっただけなのに、ＮＡＮＡのそこはキュウッと締まって指を締めつけてくる。

「う、うん。私…あなたが欲しいよ…」

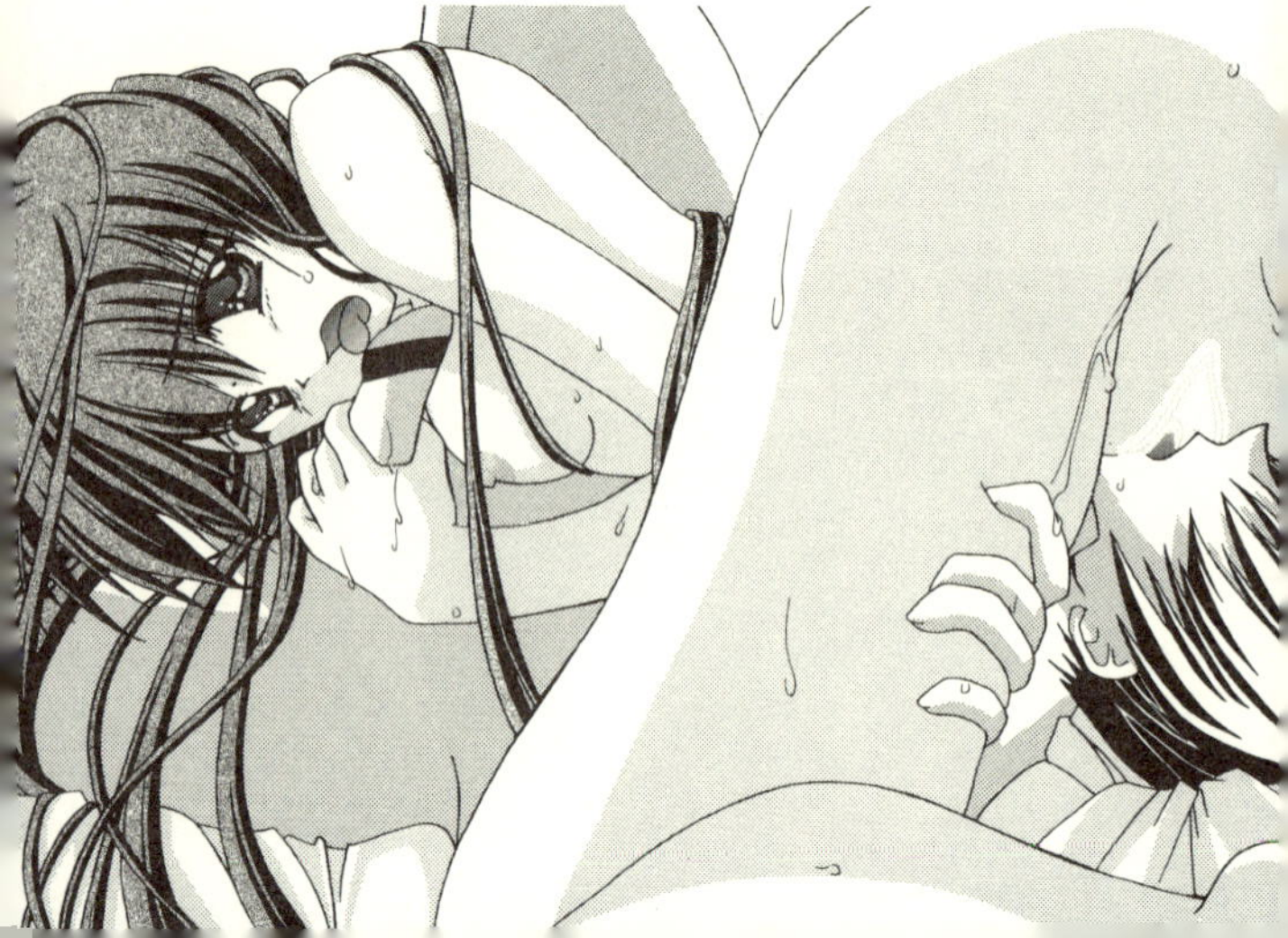

ＮＡＮＡの姿勢をそのままにさせ、慎吾はベッドから起き上がった。お尻を突き出した形で四つん這いになったＮＡＮＡの背後に回り込み、細い腰を両手で掴《つか》む。

「あっ。きて…。早く…」

真っ赤に頬を染めながら、それでも我慢が出来ないのか、ＮＡＮＡは微かに腰を浮かせた。つんと上がった張りのあるお尻が、慎吾の目にはたまらないご馳走《ちそう》に見える。すべすべとした赤ちゃんみたいな肌を手のひらで軽く撫で、肉穴に指を添えて開かせると、彼は自身を突き立てた。

「ヒッ！　あぁっ!!」

ＮＡＮＡの顎《あご》が、跳ね上がる。男の身体を飲み込んだ刹那《せつな》、身体が震えて硬直したが、それはすぐに溶かされて逆に腰をうねらせ始める。

「あっ…いいっ。あなたのが、奥に入ってくるよぉっ…」

「ＮＡＮＡ。それって、わかるのか？」

「あンッ。ヤだっ…。わからなかったのに、なんだか今…わたっ…わかるよぉ…」

ベッドについた手で青いシーツを掻きむしり、ＮＡＮＡは尻をうねらせる。たまらず慎吾も突いてやると、高く上げたお尻の肉に彼の股間がぶつかってパンパンという小気味のいい音が鳴る。

ＮＡＮＡの唇から漏れ出る声も、途切れ途切れの喘ぎ声で、ほとんど意味などなくしてしまった。かろうじて意味が聞き取れるのも、いいとか好きとか、そんな短い、だけどとても大切な言葉。

細い腕をピンと伸ばして、NANAはどうにか四つん這いの姿勢を保っていた。しかしそれも耐えきれなくなり、膝のところからガクッと折れる。

「あぁぁっ！　いっ…そこっ…。もっと…もっとぉ…わた…あっ…あなたのものにしてぇっ…」

くずおれて、尻を高く差し上げたまま、NANAは腰をうねらせていた。ただでさえきつく締まる肉壺《にくつぼ》の中が、よじれて肉棒を締め上げていく。肉壁がうねる妖《あや》しい動きにたまらない情動がせり上がり、今にも慎吾は暴発しそうになっていく。

前屈みになりNANAの背中に腹をつけ、伸ばした手でうつ伏せになった大きな乳房を握り締めた。柔らかく、それでいて弾力のある肉塊が、彼の手の中で形を変える。人差し指と中指の間で硬く尖った乳首が転がり、そこを軽くこねまわすと、NANAはさらに大きく跳ねる。

「あンッ！　いいっ！　いっ…あっ…気持ちいいっ。そこ、もっと…好き…好きぃ…」

「NANAは、おっぱいを責められるのが…好きなんだ？」

「うっ…あぁっ…。好き…だけど私…。あなたが…あなただから…」

シーツを握り締めていた手を、震えながらNANAは外した。不自由な姿勢で手を胸元へと回し、自分の乳房を握り締めた大きな手をその上から包み込む。細い指と指が絡んで、乳房だけでなくこちらも握り締めたいような衝動がわき上がった。手の甲を撫でる柔らかい手に一瞬感覚が奪われて、彼はＮＡＮＡの手を捕らえる。

小さな手を握り締め、ベッドの上に押さえつける。優しくしてやる余裕がないのを少し申し訳なく思ったが、それでもＮＡＮＡは嬉しそうだ。

互いの手のひらを重ねながら抽挿《ちゅうそう》を再開すると、ＮＡＮＡは熱い吐息を漏らし慎吾に合わせて腰を揺すった。中で肉塊が動く度に、濃い蜜が掻き混ぜられて、クチュクチュと音を立てる。

「あふっ。あっ、あぁっ…」

甘ったるい声を上げながら、ＮＡＮＡはもう慎吾にされるがままになっていた。揺さぶられて身体を揺らし、時折イヤイヤをするみたいに首を振る。

その内部では、柔らかくとろけそうになった肉壁が肉棒全体に絡みつき、まるで吸いつきそうだった。引き抜こうとすると、多量の蜜が掻き出されながら、その表面まで張りついたままで追いかけてくる。

身体の中を掻き混ぜられる快感に、ＮＡＮＡはもう限界寸前まできていた。ベッドの上に突っ伏して、荒く肩で息をするだけ。乳房はベッドで押しつぶされて、肉が時折揺れるのか、小さな肩がふらついている。

かすれた声が空気を震わせ、NANAの身体がピクピクと震えた。絶頂が近い事を感じ取り、薄く肉のついた背中に指を食い込ませると、慎吾もまた渾身《こんしん》の力でもって最後の抽挿を叩《たた》き込む。

「あっ…あぁぁぁぁっ!!」

細くかすれた悲鳴を上げて、NANAはついに絶頂に達した。一瞬身体が強張って細かく痙攣《けいれん》していたが、やがてガクリと力が抜けてベッドの上に突っ伏してしまう。

ほとんど同時に精を放っていた慎吾のモノが、その弾みで抜けてしまった。濃い白濁液がなめらかな背中に噴きかかり、ドロリと垂れてシーツに落ちた。

身繕いをして一度部屋を出た慎吾は、絞ったタオルを持って急いで部屋に戻ってきた。服を着ちゃダメと言われていたNANAは、布団の上掛けで裸の身体を隠しながら、恥ずかしそうに待っている。

「ごめんね。ボクの為に手間かけちゃって」

「別にいいよ」

俺のだから。とは、さすがに気恥ずかしくて言えなかった。背中に落ちた精液を一度はティッシュで拭《ぬぐ》ったが、それではにおいが残りそうな気がしたのだ。

慎吾が出ている間に、ＮＡＮＡはベッドのシーツを外していた。

「あれ、どうする？」

「明日洗濯機が使えるから、まとめて洗っちまえよ」

部屋の隅で丸められたシーツの塊を見ただけで、なんとなく気恥ずかしさがぶり返してきた。そんな気持ちを押し隠すように小さな背中を拭《ふ》いてやると、ＮＡＮＡもそうだったらしく、慌てて服を身に着けた。

「へヘッ。なんだか恥ずかしいね」

「言うなよ。バーカ」

言われてさらに恥ずかしくなって、慎吾はプイとそっぽを向いた。しかし同時に彼の腹の虫が大きな音で自己主張して、そんな事は台無しになる。

「ボクも、お腹《なか》減っちゃった」

あんまり大きな音で鳴ったから、おかしそうにＮＡＮＡはクスクスと笑った。それでもわざとおどけた素振りでお腹を押さえてみせるから、慎吾もあまり気にしないですんだ。

「それじゃあ行くか。そろそろメシの時間だし」

「うんっ！」

子供みたいに元気な返事をして、ＮＡＮＡは部屋から飛び出した。本当にお腹が空《す》いていたのだろう。もちろん慎吾を置いて行ったりはしない。

「早く早くっ！　席、なくなっちゃうよっ」

「なくなるかよ。寮の食堂だぞ」

大げさに廊下で足踏みしながら待っているＮＡＮＡの後を追い、慎吾も部屋から出て行った。


鷹宰学園の寮内では、決められた時間の間ならいつ食堂に来てもいい。昔は一斉に食事が並べられたテーブルに、生徒達は同じ時間につかさせられていたのだが、今の管理のおばちゃんに代わって温かい食事を出したいからと、各自が調理場まで取りに行く事になっていた。口の悪い連中は、おばちゃんが並べる手間を省きたいだけなのではないかと言っているが、出来たての料理はやはりありがたい。

「それじゃあボク、ご飯とお味噌汁《みそしる》取って、席で待ってるね」

今日のおかずは鳥の唐揚げ。みんなが少しでも大きいのを取ろうとするから、どうしても雰囲気が殺気立つ。

「ほらほらみなさん〜。いくら私のお料理が美味《おい》しいからって、ケンカはいけませんよ〜。ケンカは〜」

おばちゃんのトボけた声も、この時ばかりはあまり効力を発揮しない。

「おばちゃーん。こっち、二人分ー」

余計な体力を消耗するのが面倒で——それでなくても、一汗かいた後なのだ——慎吾は適当な皿を二つ受け取ると、いつも二人が使っている窓際の席へと移動した。

そこには、椅子に腰かけて待つＮＡＮＡと、もう一人の男がいた。

（なんだ？　あいつ…）

見た事のない顔だった。いつもは慎吾が座っているＮＡＮＡの向かいの席に座り、身を乗り出して何やら熱心に話している。こちらに背中を向けているからＮＡＮＡの表情は見えないが、多分困っているだろう。

「お待たせー。ＮＡＮＡ、メシ取って来たぜ」

わざと大きな声で言い、慎吾は皿をテーブルに置いた。

「ＮＡＮＡ？」

ＮＡＮＡが振り返るより先に、男の方が聞いてきた。パッと見、慎吾達と同じ学年には見えるが、やっぱり見た事のない顔だ。

「なんだよ、お前？」

相手が食事のトレーを持っていない事に気がついた途端、自然と声がとげとげしくなってしまった。この男は、たまたまＮＡＮＡと同じテーブルについたわけではなさそうだ。

ＮＡＮＡ？　と聞いたその顔は、明らかに彼女に興味を持っているようにも見える。

「神崎君と、話をしていただけだよ。有名人だからな。神崎君は、NANAってあだ名なのか?」

「う、うん。神崎…七瀬だからNANA。ハンドルネームで使ってたんだ」

「ハンドルネーム?」

「NANAはな、ここに来る前から、俺とはネット仲間だったんだよ。俺、メシ食いたいんだけど」

端の方に置いていた皿を真ん中に押しやると、男は意外とあっさり引いた。立ち上がり、慎吾に席を譲ってやる。

「悪い。かんざ…NANAが退屈そうにしていたから、ちょっと話してみただけなんだ」

NANAだぁ? 心の中で思いきり嫌そうな声を上げてしまった。さすがにそれを表に出すほど子供じみた事はしないが、それでも微かに顔が引《ひ》き攣《つ》ってしまうのは隠しきれない。

「それじゃ、また。NANA」

そんな慎吾の様子には、わざと気づかない振りをして——気づいたはずだ。彼は立ち去る時に、慎吾の顔を見て注意していないと気づかないほど、微かに鼻先で笑ったのだ——男はその場を立ち去った。

その姿が見えなくなるなり慎吾はどかりと席に座り、目の前のNANAに向き直る。N

ＡＮＡは、特別困ったような顔もしてなかった。

「なんだよ、あいつ？」

「相良《さがら》拓人《たくと》君。Ｃ組の人だって」

　やっぱり同じ学年だったようだ。しかしその名に、心当たりはない。

「あいつ、なんだって？」

「さあ…。一人って聞かれたから、ルームメートが来るんだよって言ったんだけど、そのまま座って話し出しちゃったの。でも、いい人みたいだったよ」

　意外と平気な様子をしているＮＡＮＡに、慎吾は少しムッとしてしまった。

「そうかぁ？　馴《な》れ馴《な》れしすぎないか？　ＮＡＮＡ、気をつけろよ」

「えっ？　何が？」

　きょとんとした顔をするＮＡＮＡに、慎吾は少し呆《あき》れてしまう。

「あのなぁ、ＮＡＮＡ。ＮＡＮＡは…秘密があるだろう

が」

ここではさすがに声を潜めた。顔を寄せて囁《ささや》いてやると、NANAはあっと小さな声を上げる。

「だからあんまり知らない奴《やつ》とは話をするなよ。ボロが出たら、困るからな」

言いながらなんとなく、俺って嫌な奴と思ってしまった。これは、嫉妬だ。ここではNANAは男という事になっているのに、それでも嫉妬してしまっている。まるで馬鹿みたいだ。

少し自己嫌悪に駆られてしまって、慎吾はムッツリと食事を始める。

夕方、この寮に帰ってから、澪の事で自分が妬いてしまったと落ち込んでいたNANAの気持ちが、ほんの少しだけ理解出来たような気がした。

もっとも慎吾の方は、それで落ち込んだりはしない。そんな事より、NANAに近づく男がいるという事で、すっかり機嫌を悪くしてしまっていたのだから。

それが本当に嫉妬なのか。それともNANAの正体を見破られるかもという不安なのかは、彼自身にもわからなかったが。

第四章　疑惑

金曜日。もうすぐ今週最後の授業が終わる。だけど慎吾はなんとなく集中出来ないでいる。週末の外出許可の発表は午前中に行われるのだが、そこで今週はOKが出たものだから、気が抜けてしまったのだろうか。

開いたままの教科書に視線を落とす事もせず、チラリと隣の席を見た。NANAももちろん、週末の外出許可はもらっている。

最近では、NANAもかなりこの学園に慣れてきた。最初のうちは、体育の着替え中、不意に声をかけてきた光を投げ飛ばしてしまったり、寮で太陽から風呂《ふろ》に誘われてうろたえたりしたものだ。しかし今ではNANAも周りの者達《たち》もお互いに慣れたおかげもあってか、派手な騒ぎを起こすような事はない。

まあ、たまにはとんでもない失敗をやらかしてしまう事もあるが。

慎吾自身、正直最初はいきなり転校してきたNANAを、やっかいだと思わないでもなかった。なにしろただの転校生ではない。男装して、男子寮に入ってまでの転校なのだから。

(俺《おれ》も、やっぱり変わったのかな…)

ぼんやりとNANAの横顔を眺めながら、ふと慎吾は考えた。ほんの二週間前の不安な気持ちが、今ではまったく嘘《うそ》のようだ。この可愛《かわい》いトラブルメーカーと暮らす生活が、今では楽しくて仕方がないと思えるようになったのだから。

ＮＡＮＡが、ノートにペンを走らせる。

教科書を手に立ち上がり、教師の指示に従って、落ちついた声で朗読をする。

こんな退屈な授業風景さえ、ひどく幸せなものに感じられる。

「あっ……」

教科書を手にしたまま、ＮＡＮＡが小さな声を上げた。大きな目が見開かれ、朗読していた声が止まる。

「橘。どこを見てる？」

頭の上から声と同時に丸めた教科書が降ってきた。いつの間にかすぐ側《そば》まで来ていた教師が慎吾の頭を軽く叩《たた》いて、そのままジロリと睨《にら》みつける。

「お前は今週、外出許可が出たのか？　気を抜いてると、成績なんかすぐに落ちてしまうぞ」

どっと笑い出すクラスメートの声を聞きながら、こんな状況だというのに、心配そうな顔をしているＮＡＮＡの顔に、どうしても目がいってしまう。

ＮＡＮＡは今週も、実家に帰ってしまうのだろうか。


その日の夜、ＮＡＮＡはカバンに荷物を詰めていた。といっても、行き先が実家なので、持って帰るのは宿題のノートくらいのものだ。

「今週も帰るのか？」

「うん。約束だからね」

帰り支度には、ものの五分とかからなかった。荷物を詰めたカバンを壁にもたせかけると、ＮＡＮＡはクッションを抱え、くつろいだ姿勢で床に座り込む。

そんなＮＡＮＡに、慎吾は少し不満だった。いくら約束だからって、そう毎週家に帰る必要があるのだろうか。はっきりと聞いてはいないが、実家は山の近くでかなり遠くにあるらしい。ＮＡＮＡ自身に言わせると、

『ものすごく田舎で、恥ずかしいぐらいなんだから』

だ、そうだ。

間に一泊するとはいえ、毎週の休みを家と学校の往復だけですませるなんて、考えただけでも疲れる話だ。せっかく授業がなくて、一日じゅうのんびり過ごせる時間なのだし、慎吾だってたまにはいっしょに出かけるなり部屋の中にこもるなりして、ＮＡＮＡと二人で楽しく過ごしたい。

「なあ。ＮＡＮＡも大変だろ？　そんなに毎週毎週、実家に帰る事なんかないんじゃないか？　俺だってたまには、ＮＡＮＡと二人で過ごしたいしさ」

慎吾の言葉に、ＮＡＮＡはほんのり顔を赤らめた。ずっと同じ部屋にいて、ほとんど片

時も離れない二人なのに、まだこんな初々しさを残しているNANAの事は、やはり可愛いと思う。それにNANAの口ぶりからして、相当遠くにあるらしい実家に毎週帰るのは、大変なのではないだろうか。疲れるだろうし、彼女の身体《からだ》が心配でもある。

「外出許可が出なかったとか言って、たまには休んだらどうだ？」

いつの間にか、慎吾はNANAを説得しようとしていた。しかしNANAは、うんとは言わない。ほんの少し困ったような顔をして、視線を宙に泳がせてしまう。

「ありがとう。でも…ごめんなさい。お父さんとの約束だから…」

いくら慎吾が説得しても、NANAは首を縦に振りそうになかった。律儀というか真面目《まじめ》というか、NANAに意外と頑固な一面がある事は慎吾も薄々気づいていた。他《ほか》の事なら慎吾の言う事ならなんでも聞いてくれるNANAだけど、この点だけはどうしても譲れないらしい。

ついに慎吾はあきらめた。その代わりに、決意する。

明日、NANAが実家に帰る時、こっそりあとをつけてみよう。誉《ほ》められた事でないのはわかっているが、このままもやもやした気分を抱えているのは性に合わない。

いや。NANAが自分に何か秘密を持っているようで、それが我慢出来ないのだ。

その日は二人とも早く眠った。

そして翌朝七時過ぎに、NANAは部屋を出て行った。

NANAが目を覚まし、ベッドの中から起き出した時、慎吾は既に目を覚ましていた。一時間以上も前に目を覚まして、こっそり服にも着替えていたのだ。

NANAがパジャマを着替えている間も、慎吾はずっと寝た振りをしていた。着替えを終えたNANAが二段ベッドの梯子《はしご》を上り、慎吾の顔を覗《のぞ》き込《こ》んできた時は、起きている事がバレないだろうかと冷や汗をかいた。

NANAは目を閉じた慎吾の顔を、しばらくの間黙ってじっと見つめていた。緊張にひくつきそうな眉や唇を意志の力でなんとか抑えつけ、慎吾はじっと寝た振りを続ける。

NANAの、動く気配がした。ベッドの端に手をついて体重を乗せマットレスをたわませる。微《かす》かな吐息が頰《ほお》に吹きかかった時、思わず慎吾は薄く瞼《まぶた》を開けてしまったが、そこにはNANAの唇があった。

瞼の上にかすめるようなキスをして、はにかむように微笑《ほほえ》むと、NANAは梯子を下りていった。

週末実家に帰る時、いつもこんな事をしていたのだろうか。

そんな事を考えて一人で照れているうちに、NANAは部屋から出て行ってしまった。ドアが閉ざされたのとほとんど同時に、慎吾もベッドから跳ね起きて、窓辺に駆け寄り玄関を見張る。やがて、NANAが出てきた。

NANAは、駅の方に向かって歩いていった。その事だけを確認して、慎吾も外へ飛び出した。

早朝の街中。慣れた道らしくＮＡＮＡはキョロキョロしたりしないで、真《ま》っ直《す》ぐに歩いていく。その後ろで距離を開けて、慎吾も同じ歩調で歩いていく。

こうして後ろを歩いていても、やっぱりいい感じはしなかった。なんだかストーカーになったみたいで、罪悪感がひしひしとわき出てくる。こんな自分に気がついたら、ＮＡＮＡはいったいどう思うだろう。

いくら土曜日とはいえ、朝の八時前となるとそれなりに人通りはある。出勤途中のサラリーマンや、店の前で商品を受け取っている販売員の慌しい動きの中で、ＮＡＮＡの周りだけが静かな空気に包まれているようだ。

自分が緊張してしまっているから、そう感じるのだろうかとも思った。それならば、女の子のあとをつけている今の自分の周りは、どんな空気が取り巻いているのだろうか。ＮＡＮＡが慎吾に気づいているような様子はないが、通行人の中には、可愛い女の子——私服を着ていてもさらしを巻いたＮＡＮＡは、女の子に見えているのだろうか？——のあとをつけているアブない奴《やつ》と、自分を見ている者がいるのではないだろうか。こうしているだけで不安は募り、どんどんと嫌な気分になってしまう。

（俺は、馬鹿《ばか》か？）

長いおさげを揺らして歩くＮＡＮＡの背中を目で追いながら、慎吾は考えていた。

Tシャツ
¥1000
右へる

ＮＡＮＡは実家に帰ってるって、ちゃんと言って出ているんだぞ？　それなのに、あとをつけたりして。実家の場所が知りたかったら、ちゃんと聞けばいいじゃないか。いつもは恥ずかしいからってごまかしているＮＡＮＡだけど、改めて聞けばＮＡＮＡはきちんと教えてくれるはずだ。だいたいこうしてあとをつけて、それで何がわかるっていうんだよ？　こんなのただ、悪趣味なだけじゃないか。

（やっぱり、こんな事はやめよう。ＮＡＮＡが次の角を曲がるのを見送ったら、俺は寮に帰るんだ）

なんだか自分が恥ずかしくなってきて、慎吾はピタリと足を止めた。ＮＡＮＡが次の角を曲がるまで、あと五メートル。あの角を右に曲がれば、この街唯一の私鉄駅へと向かう道。

だけどＮＡＮＡは、曲がらなかった。そのまま真っ直ぐ歩いていく。振り返りもせず、それがいつもの道なのだといった風に。

（ＮＡＮＡ、どこへ行くんだ？　どこへ行くにしても、絶対駅を使うはずなのに）

呆然《ぼうぜん》としてしまった慎吾だが、再び歩き始めていた。もうやめようと思っていたのに疑問が思考を支配して、ふらふらとついて行ってしまう。まるで夢遊病者のような足取りで。

やがてＮＡＮＡは、大通りへ出た。しばらくの間車の流れを眺めていたが、空車マークのランプがついたタクシーを見つけて手を挙げる。

「すみません。私立帝慶病院《ていけいびょういん》へお願いします」

（私立帝慶病院？　ＮＡＮＡ、実家に帰るんじゃなかったのか？）

呆然と見守っている間に、ＮＡＮＡを乗せたタクシーはそのまま走り去ってしまった。

慎吾はＮＡＮＡに、声をかける事も出来なかった。


そのままどれくらいの間、彼は立ち尽くしていただろう。排気ガスを撒《ま》き散《ち》らしながら走る車の流れを見ているだけで、かなりの時間を過ごしてしまった。その間、慎吾の中では同じ思いが、行き場をなくしてしまったようにぐるぐる回り続けていた。

ＮＡＮＡは、私立帝慶病院に行った。

いったいなんの用事だろう？

今日はたまたま見舞いの用事でもあって、それから実家に戻るのだろうか？

無理にそう考えてみたが、慎吾にはそれは違うとしか思えなかった。ここまで来る足取りといい、タクシーを拾った時の慣れた様子といい、慎吾が見たＮＡＮＡの行動はもう何度も繰り返されたものだった。

（ＮＡＮＡ…。俺に嘘をついていたのか？　お父さんとの約束だからだなんて言って、俺が残れって言っても断って、週末は毎週病院に通っていたのか？）

私立帝慶病院の名は、慎吾も知っていた。街外れにある、かなり大きな総合病院だ。内科や外科はもちろんの事、循環器科や泌尿器科。世話になる事がなかったのでよくは知らないが、脳外科まであるらしい。

そんな所へ、NANAはなんの用事があるのだろう。

学園側には、家から診断書つきで虚弱体質だという連絡は入っているが、それは体育の授業を免除してもらう為《ため》の詭弁《きべん》だと、NANA自身がこっそりと教えてくれた。それに普段の様子からは、彼女がどこか身体を悪くしているなんて、これっぽっちも感じられない。

やっぱり誰《だれ》かの見舞いだろうか？　だけどそれは、誰の見舞いだ？　実家に帰るなんて嘘をついて、慎吾に隠れて見舞わなければいけない相手。それはいったい、誰だというのだ？

長い間立ち尽くしていても仕方がない。ようやくそう思いついて、慎吾はのろのろと踵《きびす》を返した。だからといって、真っ直ぐ寮に帰る気にもなれなかった。今の自分は、さぞひどい顔をしているだろう。こんな状態で寮に帰って、周りから詮索《せんさく》を受けるのも鬱陶《うっとう》しい。

重い気持ちで歩いているうちに、商店街に通りかかった。そういえば、ここしばらくはすっかりNANAにかまけていて、月島ベーカリーに顔を出してはいなかった。

（花梨ちゃん。新製品のパンを焼くって、張りきっていたっけな。あれ、どうなったんだろ？）

子供っぽいが、いつも元気な少女の顔を見ていれば、少しは気もまぎれるかもしれない。どうせ他に行く当てなんかないのだからと、慎吾は脇道《わきみち》に入り、月島ベーカリーへと向かって行った。


「お兄ちゃんっ。来てくれたんだぁっ！」

一人で店番をしていた花梨は、慎吾の顔を見るなり、嬉《うれ》しそうにレジから出てきた。

「よかったぁっ。花梨ね、お兄ちゃんが今日来てくれないかなーって、ちょうど思ってたところだったんだぁ」

「へえ、そうなんだ」

はしゃぐ花梨を見ていると、ホッとするような気分になれた。花梨は、慎吾が落ち込んでいる事になんか、これっぽっちも気がついていないみたいだ。彼の手を取りレジの方へとつれて行く。レジ台の中には、何冊もの本とノートが積んで置かれていた。

「あのね、花梨。あれからいっぱい考えていたんだよ。それでね、パンのアイディアも出来たし、早く焼きたいなって思っていたの」

「月島さんは？」

「お父さんは、今日も病院。お昼間じゃないと、面会出来ないんだもん」

病院、という単語を聞いて、慎吾の胸はドキリとした。どうしても今は、NANAの事を思い出してしまう。

「それじゃあ花梨ちゃんは、今からパンを焼くんだな。よーしっ。店の事は、俺に任せとけっ」

元気な声を振りしぼって、慎吾はかけてあるエプロンを着けた。

「うんっ。それじゃあお兄ちゃん、お願いねっ」

元気な声でお願いして、花梨は厨房《ちゅうぼう》へと入っていく。

一人で店番をする事になったが、今はこの店が流行《はや》っていない事が少しだけありがたかった。誰にも邪魔されず、それでいて探せばやる事も見つかる。パンの陳列を眺めて直したりレジ台を拭《ふ》いたりしていると、それだけで頭の中がからっぽになって、ホッとするような気分になれた。

花梨は一人でもはしゃげるらしく、厨房の奥からパン生地をこねる可愛らしい掛け声や、金属製のボウルを床に落としたにぎやかな音やらが、店の中まで聞こえてくる。

花梨は時折店に出てきて、慎吾にパンの話をした。

「花梨はね、お父さんが作るパンの中では、スペシャルクリームパンが一番大好きなの。だからね、花梨も甘〜いパンを作ろうと思うんだぁ」

弾んだ声は聞いているだけで、慎吾に元気が伝わってきた。それもまた、少しは気晴らしになる。少なくとも、NANAの事だけを考えて一人でイライラしているよりは、ずっといい。

チンッと耳に心地よい電子音が聞こえてきて、それまでおしゃべりしていた花梨は店の奥へと駆け込んでいった。パン焼き窯の蓋《ふた》を開ける音と共に、熱っ、と花梨の声が聞こえる。

「やけどするなよぉ」

店の奥に向かって言ってやった時、ふと慎吾の鼻先を焦げ臭いにおいがかすめた。なんだか嫌な予感がして、レジの鍵《かぎ》だけ締めて厨房の方へ行ってみる。

花梨は、泣いていた。グローブ型の鍋《なべ》つかみをはめたその手には、黒い天板が握られていて、その上には天板以上に真っ黒になった丸い塊が並んでいる。

「うっ…うぇっ…。どうして…？　花梨、一生懸命やったのに…」

小麦粉と砂糖の焦げたにおい。おそらくパンは、中まで真っ黒になってしまっているだろう。

「花梨ちゃん。そんな、泣くなよ」

「だって…だってぇ…」

しゃくりあげていた花梨だったが、ついに我慢が出来なくなったのだろう。大声で泣きながら、厨房を飛び出してしまった。

「花梨ちゃんっ⁉」

大きな足音が、階段を駆け上がっていく。一瞬躊躇《ちゅうちょ》はしたものの、慎吾は店の鍵を締めると花梨のあとを追いかけた。

二階に上がったのは初めてだった。ドアが二つ並んでいるが、そのうちの一つが大きく開け放されている。

「花梨ちゃん？」

覗き込むと、花梨はベッドにもたれかかり顔を埋めて泣いていた。そっと声をかけてやると、小さな肩の震えが止まり、ゆっくりとこちらを振り返る。

「お兄…ちゃん…」

涙に濡《ぬ》れた大きな目が、慎吾の姿を捕らえた。慎吾には、次にかける言葉が思いつかない。その時、花梨は弾《はじ》けるように立ち上がり、慎吾の胸に飛びついてきた。細い腕が背に回され、渾身《こんしん》の力でもってきつくしがみついてくる。

「どうしてっ？　どうしてぇっ⁉　花梨、がんばったんだよっ！　一生懸命がんばったのに…こんな…これじゃあお姉ちゃん、帰ってきてなんかくれないよぉっ‼」

「お姉ちゃん？」

花梨に姉がいるという話は、前から聞いて知っていた。だけどどういう事なのだろう。花梨がパンを焼くと言い出したのは、店に新しい客を呼ぶ為ではなかったのだろうか。その事と姉と、いったいどんな関係があるというのだろうか。

「花梨ちゃん…」

「花梨…花梨ね、お店にお客さんがいっぱい来て…それで忙しくなったらね、お姉ちゃん…下宿なんかやめて、帰ってきてくれるって思って…。だから…だから花梨、がんばったのにぃ…」

泣きじゃくり、途切れ途切れに話をしながら、花梨は慎吾の胸に涙で濡れた頬を擦《こす》りつけていた。悲しみを抑えきれないその様子に、慎吾はそろそろと手を持ち上げる。

小さな頭を抱きしめて、そっと髪を撫《な》でてやった。だけどそれは逆効果でしかなかったようで、花梨はますます激しく泣き出してしまう。

「お兄ちゃん…お兄ちゃん。花梨…花梨ね、どうしたらいいのぉ？　花梨じゃ…パンを焼く事なんて出来ないのぉ？」

「花梨ちゃん。そんなに泣くなよ。そんな…だって、パンを焼くのは今日が初めてだったんだろ？　誰だって最初は失敗するって」

「ホント？　花梨でも…ちゃんと出来る？　お兄ちゃんは、そう思う？」

しゃくりあげながらも、少し落ちついてきたのだろうか。花梨はそっと顔を上げ、慎吾の顔を見上げた。目尻《めじり》に涙の雫《しずく》がたまり、今にもまた泣き出してしまいそうだ。

「大丈夫だって。一度失敗したくらいで、花梨ちゃんはあきらめるのか？　俺は、そういうのは嫌いだぞ」

「う、うん…」

すん、と鼻をすすり上げ、花梨は小さく頷《うなず》いた。気分が落ちついてきたら、途端に恥ずかしくなったのだろうか。泣いたせいで赤く染まっていた頬をさらに真っ赤にしながら、花梨は慌ててうつむいた。慎吾の背に回したままだった小さな手でシャツをぎゅっと握り締め、彼の胸にトンと額を押しつける。

柔らかな頬の感触が、胸の上でくすぐったかった。抱きしめた身体のあまりの細さに、慎吾はうろたえてしまう。

普段の彼ならば、きっとここで花梨を押しのけ、

『店をほったらかしにしちまった。花梨ちゃんも、早く元気を出せよ』

とか言って、そのまま部屋を出ていっただろう。だけど今日は、出来なかった。不安な気持ちは、慎吾も同じだったからだろうか。

戸惑いながらもしがみつかれて、慎吾は花梨を抱きしめた。腕に力を込めた刹那《せつな》、あっと小さな声を上げて、花梨の身体に緊張が走る。

顔を上げた花梨には、嫌がっているような素振りはなかった。わずかに戸惑いの色を残していた目も、ゆっくりと閉ざされていく。

慎吾は当たり前のように、花梨の唇に唇を重ねていた。花梨の身体が、緊張に小刻みに

震え出す。可愛らしいと、慎吾は思った。口づけを解き、ほんの少しだけ伸ばした舌で花梨の唇をなぞってやると、背中でシャツを握り締めていた手に、さらにきつい力が入る。

「お兄ちゃん…」

「嫌…だったか？」

「ううんっ。そんな事ない。でも花梨…キスするの、初めてだったの。それなのに、あんなにすごいの…」

視線を落とすと、花梨の膝《ひざ》はガクガクと震えていた。軽く唇をなぞっただけなのに、呆《あき》れるほど初々しい反応だ。

そんな花梨を見つめていると、それだけで恥ずかしくなってしまったのか、彼女は慎吾の胸にまた顔を埋めてしまった。抱きしめて、背中をそっと撫でてやっても、花梨はただ震えるばかりだ。

抱きしめたままベッドの方へと歩み寄り、花梨といっしょに端に座った。普段だったらそんな事はまったく気にしないような花梨なのに、今はひどく緊張している。

覆《おお》い被《かぶ》さるようにして間近に顔を覗き込もうとすると、花梨は慌てて後ずさりしようとした。途端に身体のバランスを崩して、背中がベッドに落ちてしまう。それでもかまわず覗き込むと、花梨はギュッと目を閉じる。

「花梨ちゃん。嫌だったら、言っていいんだぞ」

耳元でそっと囁《ささや》くと、花梨はふるふると首を振った。

「そっかぁ。…でも、思ってる事はちゃんと言えよ」

無理強いするつもりはない。それでも今は、花梨が欲しい。慎吾は薄い花梨の胸元に手を這《は》わせると、キュロットスカートの胸当てについたサスペンダーを、わざとゆっくり外してやった。花梨は身じろぎ一つせず、慎吾のなすがままになっていた。

キュロットを脱がし、トレーナーをたくし上げた。胸の上でたまった布地を、花梨自身の手で持ち上げさせる。真っ白なスポーツブラを上にずらす時、焦って乱暴になってしまったが、花梨はビクッと震えただけで、やはり硬く身を強張《こわば》らせたままだ。

まるでようやく膨らみ始めたばかりのような小さなおっぱいが、慎吾の目の前で震えていた。その頂点では、多分緊張してしまったせいだろうが、小さな乳首が早くも尖《とが》っている。ほの赤い突起に軽く唇で触れ、そのまま舌を押しつけた。ころころとした硬い感触が、舌の上を刺激する。

「ヤんっ！　あっ…恥ずかしいよぉっ」

「嫌か？」

「んっ…そうじゃないけど。でもぉ…」

ほとんどベソをかいているような声だった。それでも本当に嫌がっていない証拠に、花梨の手はピクリとも動かず、ギュッと握り締められたトレーナーで裸の胸を隠そうともしていない。

舌先で乳首の頂点をくすぐりながら、慎吾は花梨のパンティをそろそろと脱がせていった。太腿《ふともも》の上を下着が下ろされていく時、力なく閉ざされていた脚がもぞもぞと動いたが、決して妨げにはならなかった。それは細い脚からあっさり外され、ベッドの端に小さく丸めて転がされる。

口に含んでいた乳首から唇を外してそちらを見ると、花梨の下肢はピッタリと閉じ合わされていた。まだ生《は》え揃《そろ》っていないのではと思えるほどに薄い恥毛の下、細い脚の付け根には、小さな三角形の隙間《すきま》が出来ている。そこに手を差し入れて指で探ると、すべすべとした陰唇は、まだピタリと閉じ合わされたままだった。

「あっ！　ダメッ!!　そんなトコ触っちゃ…」

「いいから花梨ちゃん。ちょっとだけ、じっとして」

恥ずかしさに思わず身をよじった花梨の身体を押さえつけるようにして、慎吾はそこを割り開いた。小さな花弁を掻《か》き分《わ》ける行為は、まだ開いていない花のつぼみを無理やりこじ開ける感覚に近い。花梨のそこはまだ濡れてもいず、軽く擦ると乾いた粘膜が皮膚に貼《は》りついてくるようだ。

「あっ…イヤッ。お兄ちゃん…花梨、恥ずかしいってばぁ」

「恥ずかしいだけだろ？　本当は、嫌なんかじゃないんだろ？」

「あンッ…だってぇ…」

慎吾は指を唾《つば》で濡らすと、花梨のそこを再び擦り始めた。まぶした唾液《だえき》が潤滑剤の代わりになって、秘肉の上を滑らせる。肉襞《にくひだ》の縁を強く擦り、包皮の下にもぐり込んだ肉粒を爪の先で掻いてやった。

「あうっ！　んっ…やぁんっ！　お兄ちゃ…そこ、ダメェ…」

思っていたより、感じやすい身体だったらしい。クリトリスをほんの少し刺激してやっただけなのに、早くも花梨の肉孔からは、とろとろと蜜《みつ》が溢《あふ》れてきた。指に絡めて掻き混ぜると、クチュクチュという湿音がはっきりと聞こえてくる。

音の刺激にさらされて、花梨の身体は陸に揚げられた小魚みたいに大きくくねり、のたうち始めた。幼さの残る可愛らしい顔は、耳まで真っ赤になっていた。慎吾が間近に顔を寄せると、視線から逃れようとするように首を捻《ね》じ曲《ま》げ顔を背ける。

「あンッ！　ダッ…花梨、ヘンッ。ヘンになっちゃうっ…」

ピッタリと閉ざされていた花梨の脚は、のたうつ動きにつれて、今や大きく開かれていた。ほんのりとピンク色に染め上げられた白いすべすべの太腿の狭間《はざま》で、可愛らしい花弁が真っ赤に染まり、蜜を滴らせていやらしくひくついている。

小さな肉穴が口を開けているのを見て取って、慎吾はそこに指を差し入れた。入り口の辺りを軽くこねまわして様子を見ながら、ズボンのベルトを外していく。バックルの音がカチャカチャ鳴るが、それでも花梨はきつく閉ざした瞼を開けようとはしなかった。秘口を直接弄《いじ》られている刺激に気を取られて、彼がズボンを脱いでいる事にさえ気がついてはいないようだ。

慎吾が秘部から手を離し、ベッドの上に乗った時、ようやく花梨は目を開けた。すべての服を脱ぎ捨てた彼が自分に覆い被さろうとしているのを目にした途端、大きく見開いていた目を、すぐさまギュッと閉じてしまう。反射的に身をよじり、逃れようとした身体を、慎吾は慌てて抱きしめた。

「花梨ちゃん。恐《こわ》いか？」

「う…ううん。大丈夫。でも…んっ…やっぱりちょっと…」

「恐いか」

「うん。…それに、恥ずかしいよ。お兄ちゃん、裸なんだもん…」

花梨は横抱きにされたまま、視線を宙にさまよわせている。処女なのだろうと思ってはいたが、それどころか父親以外の男の裸を見るのも初めてだったようだ。

背後から覆い被さるようにして、小さな乳房を手のひらで包み込んだ。硬さの残るおっぱいの下で、心臓が早鐘のように鳴っている。たまらずきつく抱きしめると、慎吾のモノが花梨の尻に押しつけられて、プリプリとした感触にさらに欲が高まってしまう。

「花梨ちゃんも裸なんだからお互い様だって。このまま…いいか？」

「う、うん。いいよ。花梨…ガンバルから…」

コクリと小さく頷いて、花梨はほんの少しだけ身体から力を抜いた。それでもまだ緊張は残っているが、それが限界なのだろう。

屹立《きつりつ》を花梨の秘部にあてがって、細っこい脚を開かせると両足首を脇に抱えた。ぬめる花蜜がニチャッと小さな音を立て、肉棒の先端にまぶされる。

「ふっ…うっ…」

花梨が熱っぽい吐息を漏らした刹那、慎吾は一気に腰を進めた。

「あぁぁっ！　イッ…痛いっ！」

鋭い悲鳴と共に、花梨の身体がきつく強張る。狭い肉路は慎吾のモノをギチギチと締めつけ、痛みを感じさせるほどだった。リズムをつけて小刻みに突いていくが、そこはなかなか男のモノを受け入れようとせず、硬い肉壁で阻もうとするばかりだ。

「花梨ちゃん…。力、抜いて」

「あうっ…うっ…。痛いっ。お兄ちゃん…痛いよぉっ…」

それほどまでに痛むのだろうか。花梨は握り締めたシーツを引き寄せて、今にも引き千切らんばかりになっている。

それでも慎吾は力任せに腰を進めた。ギチギチと締めつけてくる肉壁をこじ開けながら、花梨の身体を貫いていく。

　ようやく全《すべ》てを中に収め、花梨の顔を覗き込んだ。涙の跡がいく筋もついた頬は、真っ赤に染まってしまっていた。きつく歯を食い縛り、慎吾に顔を見られている事にさえ気がついてはいないようだ。

「花梨ちゃん。全部、入ったから。痛いの、もう終わるよ」

「あっ……ホント？　本当に、もう……痛くない……？」

「まだちょっとは痛いと思うけど、でも……そんなに力を入れてたら、もっと痛くなっちまうぞ」

　慎吾に耳元で囁かれ、花梨はそろそろと力を抜いた。怒張の締めつけにほとんど変わりはなかったが、それでも彼はゆるゆると腰を使ってピストン運動を開始する。突き入れた時よりもそれが楽になったのは、花梨の中から愛液が滲《にじ》み出《で》てきたのか、それとも破瓜《はか》の血のせいなのかはわからない。ただ勢いに任せて少女の中を突き続け、生ゴムのように絞り込んでくる膣肉《ちつにく》の硬さを味わう

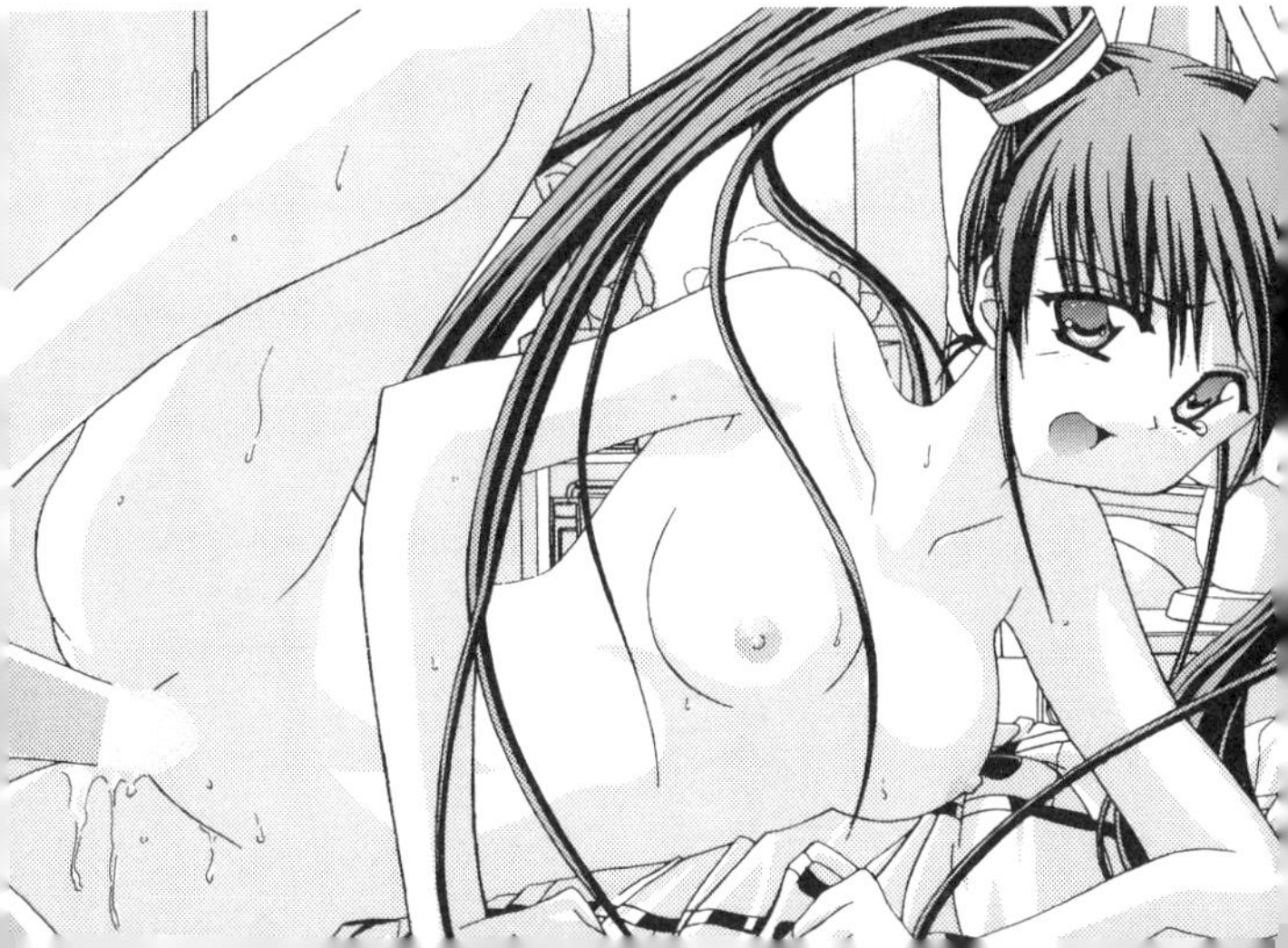

だけだ。

肉路を抉《えぐ》りながら立てさせた脹《ふく》脛《はぎ》を撫でているうちに、花梨に変化が現れた。苦しげに短く吐き出されていた息が、長く甘やかなものになる。頰の紅潮は変わらないものの、涙に濡れていた瞳《ひとみ》に熱っぽい光が宿り出す。

「あっ…お兄ちゃん。花梨、ヘン…。なんだかヘンなのっ…」

喘《あえ》ぐ声には、もうほとんど苦痛の色は感じられなかった。それどころか、どこか艶《なまめ》かしささえ感じさせるような甘い声だ。

花梨は淡いピンク色に染め上げた全身を、慎吾の動きに合わせて揺らし始めてさえいる。

「あんま…あんまり痛くなくなって。それで…んっ…。熱いっ。花梨の中、なんだかすごく熱いのぉっ…」

感じ始めている声に力づけられて、慎吾はさらに腰の動きを速めていた。食いちぎるようなきつい締めつけに肉棒は刺激され、彼を絶頂へと追い上げていく。

たまらず細い脚を抱え込み、ギュッと握り締めながら、慎吾は自らを解き放った。熱い迸《ほとばし》りを受けとめて、花梨はかすれた喘ぎ声を漏らしていた。

慎吾が服を身に着けても、花梨はベッドに横たわったまま、ぼんやりと彼を見ていた。

「花梨ちゃん。俺、店に戻るけど」

「うん。…花梨、もうちょっと休んでるね」

ベッドにうつ伏せになったまま、花梨はこちらの方を向き、口元には微かな笑みを浮かべている。だけど恥ずかしいのか、視線は宙に泳がせたままだ。

「ゆっくりしてろよ。…あのよ、花梨ちゃん。パン作りだけど、落ち込んだりせずにガンバレよ」

「んっ、ありがと。花梨、ガンバルね」

たったそれだけの短い会話を交わし、慎吾は一人で階段を下りた。再び店を開けはしたが、相変わらず流行らない店だ。なかなか客が来る事はない。

だけどそれは、今の慎吾にはありがたかった。花梨の側を離れた途端、またＮＡＮＡの事が思い出された。ＮＡＮＡが自分に嘘をついて病院に通っていたという事実が、心に重くのしかかる。

そんな中で花梨を抱いて、思考はさらに混乱していた。ほんの少しだが、花梨に元気が出たようなのが、せめてもの救いだ。

苛立《いらだ》つ心を抑えつけたまま、一人で店番を続けた。花梨は店に下りてこない。そうしているうちに月島氏が帰ってきて、慎吾は早々に店を出た。

寮に戻った慎吾は、その週末じゅうグチャグチャになった頭の中を整理する事も出来ず、ひたすら部屋にこもり続けた。


日曜日の夜、門限にはギリギリの時間、NANAは寮に帰ってきた。今までと変わりなく、ニコニコしながら部屋に入る。

「ただいまっ。あ〜っ。疲れたぁ」

「おかえり。…どこへ行っていたんだ？」

「どこって…家だよ。他に行くとこなんかないもん」

カバンの中身を机の上に空けながら、さらりとNANAは口にした。家に行った。他に行く所などない。

「そうか。…病院に行ってたのにな」

「えっ？」

ギョッとした顔をして、NANAは慎吾を振り返った。ひどく狼狽《ろうばい》した顔だ。その表情一つだけで、病院までタクシーを走らせたNANAが、夢や幻なんかじゃなかったのだという証拠になる。

「な、なんの事？　ボク…」

「見たんだよ。俺、NANAの事が知りたかったから、土曜日…悪いと思ったけど、NA

NAのあとをついて行ってみたんだ」

「そんなっ…」

NANAの表情が凍りつく。息を飲んで立ち尽くすが、慎吾が椅子《いす》から立ち上がると、ビクッと震えて後ずさる。

「NANA。どうして俺に嘘なんかついたりしたんだよっ？　実家に帰ってるなんて言って…。今までもずっと、そんな嘘ついて、あの病院に行ってたのかよっ？」

「そんな、知らないっ。ボク…」

「俺はこの目で見たんだからなっ！　NANAがタクシーに乗り込むところをっ。私立帝慶病院へお願いしますって言ってるの、はっきりと聞いたんだからなっ！」

「そんなっ。ボク…ボク…」

うろたえて、壁に背をつけながら力なく首を振るNANAを前にしているだけで、この二日間に溜め込んでしまった鬱憤《うっぷん》が、堰《せき》を切ったように溢れ出てきた。この二日間…いや、違う。NANAがこの寮に姿を現した時から、ずっと心の中に溜め込んで、それなのに見ようとしていなかった疑問を、慎吾は全てぶつけてしまう。

「ボクってなんだよっ？　NANAは女なんだろうっ？　それなのに、男の振りして男子寮にまで来て…。どうしてそんな事が出来たんだよっ？　どうしてNANAの親父《おやじ》さんは、そんな事を許してくれたんだよっ？　俺とだって、メールのやり取りだけで電話で話した事さえないのに、いきなりいっしょの部屋で暮らそうなんて…。NANAは不安じゃなかったのかよっ？　どうしてそんな事をしたんだよっ？」

「だってボ…私《わたし》、あなたの事が好きだからっ。本当よっ。信じてっ。それだけは…」

「だったら、本当の事を言えよっ！　NANAはどうしてここに来たんだっ？　こんな無茶をしてまで男子寮に入って、いったい何を考えてるんだよっ⁉」

「私、何も考えてないっ！　あなたの側にいたかっただけっ！　それだけ…。本当にそれだけなんだからっ！」

「NANAっ‼」

　壁際に追いつめた慎吾の事を振りきるように、NANAは駆け出そうとした。そんなNANAの手首を掴《つか》み、慎吾はもう一度壁に押しつける。ダンッと派手な音がして、華奢《きゃしゃ》な身体が叩きつけられた。痛みにNANAの表情が歪《ゆが》み、彼は思わず握り締めていた手を離す。

「どうしたっ⁉　橘っ！　何をしてるんだっ⁉」

　ノックもなしに、勢いよくドアが開けられた。隣の部屋の光と太陽が、血相を変えて飛び込んでくる。

「なんでもないっ！　いいから出てってくれっ！」

「そんな、なんでもない事ないだろうがっ？」

慎吾とＮＡＮＡ。二人の表情を見ただけで、ケンカをしていた事は明らかだった。普段は滅多に他人事には口を挟まない光も、さすがに今日ばかりは割って入る。

「ケンカか？　いったいどうして…」

「だからなんでもないって言ってるだろうっ⁉」

怒鳴りつけた慎吾の背後で、消え入りそうな声がした。

「あの、ボク…。今日だけ、そっちに泊めてもらってもいいかな…？」

「ＮＡＮＡっ⁉」

ギョッと振り返った隙に、ＮＡＮＡは慎吾の横をすり抜け、光達の方へと行ってしまう。

「ああ、それは別にかまわないが…」

光も呆気《あっけ》に取られたようだ。そんな事さえかまわない様子で、ＮＡＮＡは逃げるようにして部屋から出て行ってしまった。慎吾にも、後を追うつもりはない。

「勝手にしろっ‼」

頭に血が上りきったまま、慎吾は一言怒鳴りつけ、部屋に残っていた光と太陽の二人も力ずくで追い出した。

「おいっ、慎吾っ？　お前、何があったんだよっ？」

「いいから出て行けっ！　お前達には、関係ない事なんだよっ！」

音高く閉めたドアを、勢いにまかせて両手のひらで叩く。

なにがなんだか、わからなかった。

ただ気持ちが苛立って、どうする事も出来やしない。

その日ＮＡＮＡは、慎吾の部屋に戻ってはこなかった。泊めてと言った言葉どおり、太陽達の部屋にいるのだろう。しかし慎吾は隣室の気配を探る事もせず、ベッドの中にもぐり込んだまま、一人で長い夜を過ごした。

熱くなった頭ではもう何も考えることは出来ず、ただイライラと時を過ごす。今の慎吾に出来るのは、もうその他には何もなかった。

第五章　本当に好きだから

翌朝になっても、NANAは部屋には戻って来なかった。

早い時間にドアが開いて、ベッドの中でうとうとしていた慎吾は跳ね起きた。しかし入ってきたのは太陽で、彼はNANAから頼まれたと、制服とカバンを持って行ってしまった。明らかに、NANAは慎吾を避けている。

それは、登校してからも同じだった。机にカバンが置かれていたから学校には来ているはずなのに、一時間目の授業が始まるまで、NANAは教室に姿を見せなかった。授業開始のチャイムが鳴るのとほとんど同時に教室に飛び込んできて、休み時間になるとまた逃げるように教室から出て行ってしまう。

最初は慎吾ももう一度NANAから話を聞こうと思っていたのだが、ここまでされると意地になり、昼休みには自分からNANAを避けて、一人でさっさと食堂へ行ってしまった。

(NANAの奴《やつ》。いったいなに考えているんだよ)

苛立《いらだ》つ気持ちは募るばかりで、つい顔にも出てしまう。その日は、朝のうちに心配した太陽や光が、何があったのかと聞いてきたくらい。そんな彼らに、もちろん慎吾は関係ないと突っぱねて、答えようとしなかった。特に仲のいい二人でこれなのだから、他《ほか》の生徒も、ほとんど誰《だれ》も彼に話しかけてはこなかった。

その日の午後、特別授業で澪から声をかけられるまでは。

「ねえ、聞こえてる？　バーナーを取ってもらえないかしら？」

苛立たしげに声をかけられ、慌てて慎吾は顔を上げた。つい考え事に気を取られてしまったが、どうやら彼女は一度慎吾に声をかけていたようだ。

「ゴメン。火を使うのか？　だったら俺《おれ》がやるよ」

「いいわ。今のあなただと、危なそうだから」

慌てて慎吾はガスバーナーを台の中央に置いて火をつけようとしたのだが、澪にマッチを取り上げられてしまった。

「危なそうって、どういう意味だよ」

ただでさえ機嫌がよくなかったものだから、ムッとしながら聞き返す。もっともそれで澪が気にした様子はなかったが。

「だってあなた、今日は様子がおかしいんですもの。なんだかイライラしているみたい。火を使う時に注意散漫なのは、よくないわ」

他人の事になどまったく興味を示そうとしない澪にまでこんな風に言われてしまうなんて、そんなに苛立って見えたのだろうか。そんな自分が情けなくて、慎吾は視線を伏せてしまった。

澪が、バーナーに火をつける。石綿をセットして、砕いた鉱石を入れた乳鉢をその上に乗せる。

さっさと実験を続ける澪を前に、慎吾は気を取りなおして、メモを取ろうとペンを握った。

「何かあったの？」

思いもかけない問いだった。驚いて顔を上げると、澪はいつもと変わらぬ冷たい表情ではあるものの、慎吾の方をじっと見ている。

「あなた、今日はずっと考え込んでいて。困った事でもあるのかしら？」

まさか澪から、悩みを聞かれるとは思わなかった。あんまり驚いてしまったせいか、慎吾はつい漏らしてしまう。

「同室の奴と、ちょっとな」

「ルームメート？　ケンカでもしたの？」

「ああ…」

それ以上は、言いたくなかった。澪の方も、根掘り葉掘り聞くつもりはないらしい。

「そう。早く仲直り出来るといいわね」

社交辞令のようにも聞こえる抑揚のない調子ではあったが、それでも澪は心配してくれているようだった。慎吾もほんの少しだけれど気が軽くなったように思えて、それから後は実験に集中する事が出来た。


放課後。その日は真《ま》っ直《す》ぐ寮に戻り、慎吾は部屋でNANAを待つ事にした。

澪に気を遣われて心が軽くなったが、それはほんの短い間の事でしかなかった。教室に戻り、NANAの姿を見かけてからは、また気持ちが苛立ち始めた。それでもホームルームが終わった途端、NANAは慎吾の顔も見ずに教室から出て行ってしまい、彼はまた何も言う事が出来なかったのだ。

慎吾が寮に戻っても、NANAは姿を見せなかった。先に教室を出ているはずなのに、どこかで寄り道でもしているのか。それとも寮のどこかに隠れているのか。

結局NANAが部屋に帰ってきたのは、夜遅くになってからだった。

遠慮がちに、小さなノックが二つ鳴る。慎吾がわざと返事をしないでいると、ドアはそろそろと開けられた。

「あの、ただいま」

「遅かったな」

「うん。…あのね、今まで太陽君達《たち》の部屋にいたの」

この寮に来たばかりの頃《ころ》、恐《こわ》がって口をきくどころか、ろくに顔も合わせられなかった太陽達の部屋に、NANAは隠れていたのか。そう思っただけで、ささくれ立っていた慎吾の心は、疼《うず》くような痛みを覚える。

「そんな所で立ってないで、早く入れよ」

「う、うん…」

NANAも、逃げるつもりはないらしい。おずおずと部屋に入り、後ろ手にドアを閉めた。

「ボク、あの…今日は疲れたからっ」

慎吾が睨《にら》みつけた途端、NANAは一瞬身を震わせた。だからといって、まさかさっさとベッドの中に逃げ込もうとするとは思わなかった。とっさに慎吾はNANAの細い手首を掴《つか》み、自分の方へと引き寄せる。

「なっ…。離してっ」

「嫌だ。NANA。どうして逃げるんだよっ？」

「そんな、私《わたし》…逃げてなんか…」

「逃げてるだろうっ！」

また、隣の部屋の太陽達に邪魔をされたくはなかったから、慎吾は声を押し殺していた。低くくぐもった声に、NANAは身をすくませるが、怒りに支配されている慎吾は、これっぽっちも気づかない。

NANAはどうしてこんなに怯《おび》えているのだ？　やはり俺に、やましい思いがあるからなのか？

悪い考えばかりが浮かび、堪《こら》えきれなくなってしまう。

「あのっ…私、やっぱり今日も…」

掴まれた腕を振《ふ》り解《ほど》き、NANAは部屋から出て行こうとした。そんな事はさせまいと、慎吾はNANAの手を力任せに引き寄せる。もみ合っているうちに、NANAの足が床に転がっていたクッションを踏みつけた。ミニテーブルの上に置かれてあった雑多な物を巻き込んで、NANAは床に倒れてしまう。その上に、慎吾もまた覆《おお》い被《かぶ》さるように転げてしまった。

「やっ…ヤだっ！　離してっ!!」

転げてもまだ離されなかった腕を突っぱね、NANAは慎吾を突き飛ばそうとした。そんなNANAを反対に抱きすくめ、背けようとする顔も、顎《あご》を掴んでこちらを向かせる。怯えきった目をしていた。NANAの身体《からだ》は小刻みに震え、硬直したのか身動きさえ取れないようだ。

全《すべ》ての体重をかけて覆い被さり、もう一度だけ慎吾は聞いた。

「NANA。病院で、何をしていたんだ？　どうして今まで、実家に帰っているだなんて、俺に嘘《うそ》をついていたんだ？」

しかしＮＡＮＡは答えなかった。その唇は微《かす》かに震えていたものの、それ以上にキュッと結ばれているのを見ると、何が何でも喋《しゃべ》るものかと意地になっているようにも思えた。

「ＮＡＮＡっ…」

堪えきれなかった。愛《いと》しいと、可愛《かわい》いと思っているのと同じだけ、頑固に口を閉ざしたＮＡＮＡが、憎らしく思えてしまう。相反する二つの思いが慎吾の衝動を突き動かし、ほとんど無意識のままにＮＡＮＡの服に手をかける。

「イヤッ。な…なにするのっ⁉」

慎吾は何も答えなかった。答える必要なんかない。ＮＡＮＡだって、本当の事は何も教えてくれないのだ。

ＮＡＮＡのシャツを、力任せに引き上げた。鷲掴《わしづか》みにした慎吾の手は、シャツとその下で乳房を押さえつけていたさらしまでを、一気にずり上げさせてしまう。

豊かな乳房がこぼれ出て、慎吾の目の前でブルンと揺れた。同時にＮＡＮＡはヒッと息を吸い込むように悲鳴を上げて、全身を強張《こわば》らせる。隣の部屋を気にしてか、それとも自分の否を認めているのか、ＮＡＮＡは抵抗をしようとしない。ただ怯えきった小動物のように身を縮こまらせ、今にも泣き出しそうな目で慎吾の事を見上げるばかりだ。

まるで、許しを請うように。

ＮＡＮＡがいけないんだ。俺に隠し事をしていたＮＡＮＡが悪いんだ。

目の前にまろび出た乳房を鷲掴みにして、荒々しくこねまわしながら、慎吾は心の中で叫ぶ。

指先でほの赤い乳首を思いきり摘《つま》み上《あ》げると、NANAは押し殺した悲鳴を上げて、苦痛に顔を引き歪《ゆが》めた。たまらず食い縛った歯列の隙間《すきま》から、荒い吐息とうめき声とが漏れ出てくる。

NANAにもっと罰を与えてやりたくて、大きなおっぱいに顔を埋めた。唇の端に乳首を挟み、奥歯で軽く噛《か》み潰《つぶ》してやる。

「あぁっ！　くっ…。いっ、痛いっ！」

歯の表面で挟みつけたまま、すり潰すようにこねまわすと、NANAは苦痛に身をよじらせた。慎吾の頭を両手で押さえつけ、必死に突っぱねようとする。

「NANAっ。じっとしてろっ」

忌々しげに乳首を離すと、NANAはビクッと身を震わせ、慎吾の頭から手を離した。床に腕をつき、後ずさって逃れようとするが、逆に短パンの裾《すそ》を掴まれ、乱暴に剥《は》ぎ取《と》られる。

「お願いっ。乱暴しないでっ。こんなのイヤよっ！」

片方の脚を抱え込むようにして大きく開かされ、手がパンティの股《また》ぐりにかけられた時、NANAはすっかり怯えきってしまったように、涙の混じった声で哀願した。それにもかまわず股ぐりの布をずらしてやると、二重になった布の下から、少女の秘めたる部分がさらけ出された。

指で恥毛を掻《か》き分《わ》けて、ピッタリと閉ざされていた花弁を乱暴に割り開く。花弁の奥は、乾ききっていた。それでも慎吾は肉棒を取り出し、手でしごいて硬くさせる。

「イヤ…イヤよ。こんな…あっ…。お願いっ。無理よぉっ」

恐怖に身をすくませながら、NANAはイヤイヤをするように力なく首を振る。それでも慎吾は乾いた秘肉に自身を押しつけ、窄《すぼ》まった膣口《ちつこう》に無理矢理突き入れようとする。

「いっ…痛いっ。お願いっ。こんな…イヤ…ぁ…」

「黙ってろ。NANA…隣に聞こえて、昨日みたいに来られたら…どうするつもりだ?」

部屋に鍵《かぎ》などかけてはいない。声を聞かれて入ってこられれば、この痴態を見られてしまう。

慌ててNANAは歯を食い縛り、必死に声を噛み殺した。それでも漏れ出る苦痛のそれは、すすり泣きのように部屋の空気を静かに震わせる。

乾いた肉壁は怒張を擦《こす》り、引っかかってなかなか侵入を許そうとはしなかった。NANAの太腿《ふともも》を抱え直し、腕全体の力を使って、自分の方に引き寄せる。同時に叩《たた》きつけるようなピストン運動を繰り返し、より奥深くへと入り込む。

「あうっ!　くっ…痛いっ。あっ…痛いぃっ…」

ギチギチと肉が軋《きし》む感覚の中、慎吾のモノは次第に内奥へと突き進んでいった。逃れようともがくNANAの腰の動きも、彼の肉欲を刺激するばかりだ。

それは同時に、NANAの身体にも、変化をもたらし始めていた。

乾ききっていたはずの肉壁が、薄く湿り気をまとっていく。ぬらつき始めた膣肉は抽挿《ちゅうそう》を助け、彼の動きをより荒々しく大きなものにする。

「あっ…イヤッ。イヤ…あっ…あぁっ」

拒絶していたNANAの声も弱々しく、喘《あえ》ぎ混じりのものになっていた。そんな自分が情けないのか、NANAは声を殺そうと必死に歯を食い縛っている。

くぐもった嬌声《きょうせい》の中、慎吾は組み敷いたNANAの顔を見つめ続けていた。上気した頬《ほお》。熱っぽく潤んだ目。それなのにNANAの表情からは、苦痛しか感じ取れない。

NANAだけではない。慎吾自身、獣のように腰を振りながら、ほとんど快感には集中出来なかった。苦い思いだけが胸の奥を浸していて、ともすれば今にもNANAを突き飛ばしてしまいたいような衝動に駆られてしまう。

それでも彼は、絶頂を迎えた。抱えた膝《ひざ》をきつく抱きしめるようにして、慎吾は自分を吐き出していく。熱い樹液を受けとめて、NANAの身体がしなやかに反り返った。肉壺《にくつぼ》の内部がきつく収縮し、彼女もまた快感を覚えていたのだと慎吾に知らせる。

それさえも、虚《むな》しいばかりだった。

全ての精液を吐き尽くし、NANAの中から己を引き抜くと、慎吾は尻餅《しりもち》をつくようにして床の上に座り込んだ。NANAは床に突っ伏したまま、顔を上げようともしない。

それでもやがて身を起こし、股間《こかん》を汚す白濁液をティッシュでのろのろと拭《ぬぐ》った。ふらつく足で立ち上がり、乱れた着衣を整えると、NANAは部屋から出て行ってしまう。

NANAも慎吾も、お互いに何も言わなかった。二人して固く口を閉ざしたまま、視線を合わせようともしなかった。

NANAが部屋から出てからも、慎吾は身じろぎ一つしなかった。重苦しい悔恨の念が胸を満たし、立つ事さえも億劫《おっくう》だった。

もう、何も考えたくない。

NANAが自分に嘘をついていた事。NANA自身の身の上を、何も教えてくれない事。どれもこれもが、どうでもよかった。

部屋から出て行く時、ちらりと見えたNANAの顔。それはひどく傷ついた様子で、今にも泣き出しそうだった。

NANAは今夜も、太陽達の部屋に泊まるのだろうか。

その夜も、NANAは部屋に戻ってこなかった。慎吾にはもうどうすればいいのか、まったくわからなくなっていた。

当たり前かもしれないが、その次の日もＮＡＮＡは慎吾を避け続けた。慎吾は休み時間も自分の席から離れなかったが、授業が終わるなりＮＡＮＡは席を立ってしまい、近づいてこようとしない。太陽達も、口出しする事をやめたのか、昨日のように慎吾に話しかけてくる事はなかった。

一度ＮＡＮＡと光が教室の隅で話をしているのを見かけた。二人は慎吾の方をチラチラと見ていたのだから、当然話題も彼の事だったのだろう。それでも話しかけたりはせず、慎吾ももう勝手にしろといった捨て鉢な気分になっていた。

自分からは、もう何も言ってやるつもりはない。ＮＡＮＡの方からやってきたら話を聞かない事もないが、こちらからはもう何もしたくない。

それが昨日と同じで意地を張り続けているせいなのか、それともＮＡＮＡをひどい目にあわせた負い目からなのかは、慎吾自身にもわからなかったが。

昨日と同じ、暗い気持ちの一日が終わる。放課後になると、ＮＡＮＡはまた教室から逃げ出すように消えてしまった。途中光につかまって二言三言話をしていたが、ＮＡＮＡは慌しく出て行ってしまう。

(俺、マジで嫌われちまったかな…？)

慎吾に会いたい一心でこの学園に来たＮＡＮＡは、これからいったいどうするのだろう。

まさかこのまま学園を辞めるだなんて言い出すのではないだろうか。非現実的な考えではあったが、そもそもＮＡＮＡの転入自体があまりに現実的なものではなかった。その可能性も、十分にありえる。

だからといって慎吾には、これから自分がどうすればいいのかわからない。ＮＡＮＡの事を考えて苛立ちながら、何も出来ないでいる。実のところは、仲直りをしたいという気持ちもあるのだ。しかし事の始まりは、ＮＡＮＡが慎吾に隠し事をしたからだ。それをはっきりさせないままに、自分からＮＡＮＡに仲直りを申し出る気にもなれない。昨日自分がしてしまった事を思えば、いったいどんな顔をして、なんて思いもあったのだし。

プライドやら後悔やら、色々な思いがごちゃ混ぜになって、慎吾は動けなくなっていた。そんな自分に嫌気がさしてはいるものの、どうすればいいのかわからない。

今も彼は、寮に戻ってＮＡＮＡとあの部屋で二人きりになる事に怯えて、教室の自分の席から立ち上がる気にさえなれなかった。

鷹宰学園の生徒達は、放課後ものんびりなんかしていない。それぞれがさっさと寮に帰って勉強したり、部活や学園側から依頼されたボランティア活動やらに行ってしまう。教室の中には、もうほとんどの生徒が残ってはいなかった。重いため息を一つつき、慎吾も腹をくくって寮に帰ろうと立ち上がる。

その時、勢いよく扉が開かれた。ジャージ姿の太陽が慌しく飛び込んできて、慎吾の方へと駆けてくる。後から遅れて、光も来た。こちらは制服姿のままで、太陽を追って走ったせいか、珍しく汗をかいている。

「おいっ！　NANAが大変だぞっ!!」

また、NANAか。太陽の口からその名が出た途端、ほとんど反射的に慎吾の心は反発していた。俺達の事は、放っておいてほしいのに。

しかし太陽は慎吾がムッとした顔をするのもお構いなしに、慌てた様子で声を荒げる。

「俺、見たんだっ。NANAが相良といっしょにいるのっ」

「相良？」

聞いた事があるような気がした。しかし、すぐには思い出せない。呆気《あっけ》に取られた慎吾に向かって、光は苛立たしげに言い放った。

「君は知らないのかっ？　C組の相良拓人。奴はな、綺麗《きれい》な顔をした男が好きだって有名なんだぞ」

「なっ…」

その瞬間に、思い出した。いつだったか、食堂で慎吾がNANAから離れた隙に、NANAに話しかけていた男がいた。いつも慎吾が使っている席に図々《ずうずう》しく座り込み、馴《な》れ馴《な》れしい態度でNANAと話をしようとした。C組の相良拓人。確か、そんな名前じゃなかったただろうか。そいつが、NANAといっしょにいた？

呆然《ぼうぜん》とする慎吾の顔に、ようやく事の次第を飲み込んだのだと悟ったのだろう。こちらも少しうろたえながら、太陽は説明する。

「俺は陸上部の練習でグラウンドに出ていたんだけど、体育倉庫の近くであの二人が歩いているのを見たんだ。相良の奴、NANAの腰を抱いたりしてて。それで俺、すっげぇビックリしたんだけど、先生に呼ばれてそっち行ってて、気がついたら二人ともどっかに行っちまってたんだよ」

「なっ…」

「この馬鹿《ばか》、どうして止めなかったんだか。まあ、それからすぐにボクを呼びに来たのは正解だったが…。おいっ、橘っ？」

後も見ずに、慎吾は駆け出していた。光達の呼ぶ声がするが、そんなものは耳にも入らない。太陽が見たというグラウンドへと出て行って、その隅にある体育倉庫へ真っ直ぐに向かって行く。

広いグラウンドの隅にある埃《ほこり》っぽい建物など、誰も近寄らない場所だ。それでも慎吾が重い引き戸に手をかけた時、中から微かな悲鳴が聞こえてきた。

「ヤッ…ヤだぁっ!!」

「NANAっ!!」

勢いよく扉を開けると、白い埃が舞い上がり、日の光の中チラチラと揺れた。石灰と土で汚れた体育マットの上に、NANAの細い身体が組み敷かれている。ひどく抵抗したのだろう。いつもはきちんと編まれているお下げ髪はほつれてしまい、耳朶《みみたぶ》や細い首筋に、ベッタリと張りついている。女である事を隠す為《ため》にも、ちゃんと閉めている制服の前も外されて、胸元が見えそうになっている。

　射し込んできた陽光の眩《まぶ》しさに、NANAの上にのしかかっていた男は、手をかざして慎吾を見た。その下に組み敷かれたまま泣き出しそうになっていたNANAは、大きな目を見開いて外に向かって手を伸ばす。

「助けてっ！　助けてぇっ!!」

　金切り声を上げるNANAに、慎吾の理性は吹っ飛んでいた。男が何か言うより早く駆け込んで、勢いに任せて腹をつま先で蹴《け》り上《あ》げてやる。

「うわっ！　なっ、なんだっ!?」

「やかましいっ！　てめぇっ、よくもNANAに手出ししようとしやがったなっ！」

不意打ちに近い攻撃に、相良は慌てて反撃に出ようとした。しかし彼が立ち上がるよりも早く、屈《かが》み込んだ背中といわず肩といわず、慎吾は何度も蹴りつけ、その顔面に拳《こぶし》を叩き込んでやる。

頭の中が真っ白になって、何も考えられなかった。ただ、NANAに手を出そうとしたその男の事が憎くて、慎吾は攻撃を続けていく。

何度目かの足を上げた時、いきなり背後から羽交い締めにされた。何が起こったのかも理解しないまま、相良に蹴りつけようとする慎吾の身体を、強い力が引きずっていく。

「よせっ！　もうやめたまえっ!!」

「うるせぇっ！　離せっ！　邪魔するなっ!!」

太陽といっしょになって、光も慎吾を相良の側《そば》から引き離そうとする。それでも頭に血が上ってしまった慎吾は、彼らでさえも振りほどこうと暴れてしまう。

「あっ…お願いっ！　もうやめてぇっ!!」

真正面から、NANAが飛びついてきた。慎吾の胸にしがみつき、悲鳴のような声で叫ぶ。

「もういいっ！　もういいからぁっ!!　お願っ…あなたが怪我《けが》しちゃうっ!!」

ギュッとしがみついてくるぬくもりが、慎吾の動きを止めさせた。NANAが、泣いている。俺の胸にしがみついて、俺のせいで…俺の事を心配して、NANAは必死になっている。

大変な目にあったのは、NANAの方だというのに。

途端に慎吾の身体から、どっと力が抜けてしまった。後は自分達に任せろと、光達に追いやられ、慎吾はNANAと外に出た。

寮に帰るまでの間、二人はろくに口を開こうともしなかった。ただ肩を並べて歩くだけ。それなのに、今まで二人を取り巻いていた重苦しい空気は、もう感じられなくなっていた。疲れきっていた身体を引きずるようにして、慎吾はゆっくりと道を歩いた。その傍らを歩きながら、NANAは時折チラチラと慎吾の顔を見上げていた。

自分達の部屋に戻り、すっかり疲れきったように慎吾は床に座り込んだ。そんな彼を前にして、NANAの方は腰を下ろそうともせず、じっと立ち尽くしている。

「…大丈夫だったか?」

先に口を開いたのは、慎吾の方だった。途端にNANAはしゃがみ込み、彼の前に跪《ひざまず》く。

「うんっ。私、大丈夫。あなたは? 怪我なんかしなかった?」

そんな事、あるわけがない。相良とのケンカも、不意をついた慎吾が一方的に殴りつけていただけだ。それでもNANAに言われて、初めて自分の手がズキズキと痛んでいるのに慎吾は気づいた。殴った側も痛い思いをするのだと、今の今まで忘れていた。

「大丈夫だ。NANAは、心配なんかしなくていい」

それでも慎吾は強がりを言った。床の上に座り込んだままうつむいて、膝の間にだらりと両手を挟み込む。そんな彼の手を、NANAは握った。優しく両手で包み込み、目の高さまで持ち上げる。

「NA…」

「怪我がなくて、本当によかった」

ホッとしたような微笑《ほほえ》みは心の底からのもので、目にしているだけでささくれ立っていた慎吾の心を芯《しん》から癒《いや》してくれる。

この日を境に、慎吾とNANAの間から、全てのわだかまりは消えてしまった。

NANAは側にいてくれる。それだけで、彼女が隠し事をしていた事実さえ、慎吾にはもうどうでもよくなってしまっていた。


相良の事は、光がうまく片をつけてくれた。もしも今回の事を誰かに喋ったりしたら、今度は相良がNANAを襲おうとした事を、学園側に証言してやると脅したらしい。おかげであれ以来、慎吾達の前に彼が姿を見せる事はなくなった。

NANAの方も部屋に戻り、慎吾に謝ってくれた。

「あの、私ね、本当は弟のお見舞いに行っていたの。私の弟、肺の病気でずっと入院していて…。うつる病気じゃないんだけど、そんな事を言ってあなたに心配させたくなかったから…」

しどろもどろな説明も、慎吾にはただ申し訳ないという思いしか抱かせなかった。NANAはこんなに気を遣ってくれていたのに、自分は彼女のそんな気持ちになんか、全く気づいてやれなかった。ただ苛立って、問い詰めて。だいたいにして事の起こりも、自分がNANAのあとをこっそりつけたりしたからじゃないか。そう思うと申し訳ない気持ちでいっぱいになって、慎吾もNANAに素直に謝る事が出来た。

そうして二人は、また一つがいの鳥のように、離れない日々に戻った。

そんなある日。昼食を終え、食堂から教室へ帰る途中だった慎吾とNANAは、教室に入るなり光から声をかけられた。

「帰ってきたか。神崎君、職員室に呼び出しだぞ」

「えっ？　ボク？」

「NANAぁ。今度はな～にやらかしたんだ？」

成績優秀ではあるものの、世間知らずなのかとんでもない失敗が多いNANAである。今度は何があったのかと、慎吾はわずかに肝を冷やした。

「ボク、別に何もしてないよぉ」

「まあ、呼び出しといっても仁科《にしな》先生だ。特に怒っているとか、そんな感じではなかったぞ」

なだめるような光の言葉に、慎吾は少しホッとした。彼らの担任である仁科弥生《やよい》先生なら、確かに些細《ささい》な事で目くじらを立てる人ではない。仮にNANAが何かやらかしていたとしても、軽い注意ですむはずだ。

「それじゃあボク、行ってくるよ」

のん気なNANAは、いつもと変わらない調子で、さっさと教室を出て行った。

しかし、NANAは戻ってこなかった。昼休みが終わって、午後の授業が始まっても。午後の授業が終わって、放課後になっても。

さすがに慎吾は不安になった。NANAのカバンもいっしょに持って職員室を覗《のぞ》きに行ったが、NANAも弥生先生もどこに行ったかわからなかった。

（NANAの奴、いったい今度はどうしたんだ？）

そう思いはしたものの、とりあえず慎吾は一人で寮に戻った。また行方不明になったとはいえ、今度は弥生先生もいっしょのはずだ。そんなに心配する事はないだろう。

しかしNANAが帰ってきたのは、門限をかなり過ぎてからだった。時間が経《た》つにつれ心配する気持ちが募っていた慎吾は、ドアが開いたと同時に座っていた椅子《いす》から立ち上がっていた。

「ごめんなさい。遅くなっちゃって」

慎吾の様子に、また自分が心配をかけてしまったのだと思ったのだろう。NANAはひどく恐縮した顔をする。

「いや、別にいいけど…。今までどこに行ってたんだよ？　ずっと弥生先生といっしょだったのか？」

「う、うん。あの…成績の事で、ちょっと怒られちゃって。それからね、弥生先生とご飯食べてたの」

「成績ねぇ…」

NANAの成績は、決して悪くはないはずだ。それどころか、この学園に来てからずっと、女子棟の須藤澪と首位争いを繰り広げている。

「NANAも大変だな。最初がよかっただけに、先生達の期待もデカいんだろうな」

どんなに学内での順位がよくても、なまじ元がいいだけに、偏差値が落ちれば文句の一つも言われるのだろう。この学園の校長は、そんな理由で時々生徒を呼び出したりする。

多分NANAも怒られて、それを弥生先生が食事がてら慰めてくれたのだろう。

そんな事だと解釈して、慎吾はホッと一息ついた。

「ま、弥生先生といっしょだから、俺は心配なんかしてなかったけどな」

強がりなんか言ってみて、わざとくつろいだ振りをして椅子に座り直す。そんな慎吾の目の前に立ち、NANAはその顔を覗き込んだ。覗き込まれて何事かと、慎吾は怪訝《けげん》な顔をする。

「君は、ご飯食べたの？」

「あ、ああ」

「だったら、んっ…あのね…」

まるで言葉を探すように、NANAの目が落ちつかなさげに宙をさまよう。それは結局見つけられなかったのか、両腕を慎吾の首にふわりと回し、いきなりNANAはキスをしてきた。

柔らかな唇が、包み込むように重ねられる。甘ったるく鼻を鳴らし、押しつけるだけの軽いキスの後、NANAはそっと唇を離す。

「えっと…NANA？」

「私ね、今日、寂《さび》しかったんだよ。お昼からずっと、離れ離れだったんだもん。だから…ねっ？」

NANAが何を求めているのか、慎吾にもはっきりと伝わっていた。だから彼は椅子の上に腰かけたまま、NANAの背中に手を回した。

NANAが慎吾の前に跪き、互いにキスを繰り返す。慎吾の方から覆い被さるようにして唇を重ね、うんと細い首を伸ばしたＮＡＮＡの方から唇を押しつけ、また慎吾からキスをする。

そんな事を繰り返すうち、ＮＡＮＡの指が彼の襟元にかけられた。服を脱ぐように促されているのだと思い、今日のＮＡＮＡはちょっぴり大胆だなと嬉《うれ》しくなりながら、慎吾はシャツを脱ごうとする。

しかしボタンにかけた指は、ＮＡＮＡの指に阻まれた。

「待って。今日は、私がしてあげたいの。あなたは、何もしないで」

初めてこの部屋に来て、いきなり慎吾に抱いてと迫ったあの日以来、ＮＡＮＡがこんなに積極的になる事は今までなかった。進んで自分のシャツのボタンを外すＮＡＮＡを見ながら、慎吾はいささか驚いていた。

だけどもちろん、それが嫌なはずがない。ＮＡＮＡのしたいように、シャツとズボンを脱がしてもらう。下着を下ろされた時はさすがに気恥ずかしかったが、それでも慎吾は導かれるまま、ベッドの上に横たわった。

ドアに鍵をかけ、部屋の明かりを消してしまい、ＮＡＮＡは恥ずかしそうに自分の服を脱いでいる。ブラインドが半開きになった窓の向こうから射し込む街灯の光に、ＮＡＮＡの裸身が照らし出される。

なぜかはわからないが、ＮＡＮＡの身体が薄闇《うすやみ》の中に溶け込んでしまうのではないかと思った。白い肌が暗がりの中の淡い光に浮かび上がって見えるのだが、それがさらに目の前の光景を幻想的に見せるのだ。まだ、女の身体を知らなかった頃に見た夢にならなら、こんな姿が出てきたかもしれない。そう思えるほど、今のＮＡＮＡには現実感がなく、慎吾の中に不安を煽《あお》る。

「ＮＡＮＡ…」

恐る恐る手を伸ばすと、ＮＡＮＡは急いでベッドの上に乗ってきた。身を起こそうとした彼の身体を押さえつけるようにして横たわらせ、その顔を覗き込む。

ＮＡＮＡは両手で頬を包み込みながら口づけて、唇を重ねたままで触れた手のひらで慎吾の身体をなぞっていった。頬から耳朶。首筋から肩甲骨の上。そして平らな胸板へと、その形を確かめようとするように、ＮＡＮＡの手のひらは丹念に彼の身体を撫《な》でていく。

覆い被さり抱きしめられて、慎吾の胸の上にお乳の肉が押しつけられた。柔らかく、それでいて弾力のある確かな感触。ぬくもりも、その奥から微かに届く心臓の鼓動も、全てはここにあるものだ。

「ごめんなさい。私…重いかな？」

「バーカ。ＮＡＮＡなんか、三人乗ったって俺はへっちゃらだよ」

軽口を叩きながら、細い腰を両手で掴んだ。薄い肉に指が食い込み、ＮＡＮＡと同じようにその感触を手のひらで確かめる。愛しい少女の存在に安堵《あんど》して、手の動きを確認のそれから愛撫《あいぶ》のそれへと変えていく。

「あっ…ダメッ。今日は、私がしてあげたいんだって…」

悪戯《いたずら》されているようにNANAは裸身をくねらせて、慎吾の手からするりと逃れた。

「じっとしていないと、ダメなんだからね」

微笑みながら軽く睨みつけ、指の先で慎吾の乳首をくすぐった。思わず顔をしかめてしまったが、それが面白かったのだろうか。NANAはクスクス笑いながら、胸の突起をこねまわす。

同時に空いた方の手が、彼の肉茎に伸ばされた。細い指が絡みつくように握りしめ、下から上へ、やわやわと刺激していく。それでなくても勃《た》ち上《あ》がっていた慎吾のモノは、与えられた刺激に反応して、ますます強張りを増していく。

脈打ち始めた男のモノに、NANAは熱っぽくため息をついた。チラリとそちらに視線を送った表情の悩ましさに、慎吾は思わず息を飲む。

そんな彼の様子に気づいたのだろうか。パッとNANAは顔を上げ、慎吾の顔に視線を移した。自分が男のモノに見とれていた事に気づかれたのが恥ずかしくて、欲情に満ちた女の顔から、恥じらう少女のそれへと戻る。

「ヤだっ…。そんなに、見ないで…」

恥じらいながらうつ伏せて、それでもありったけの勇気と愛情を込めて、彼の先端にチュッとキスした。温かい、春の風のような吐息がそこに吹きかかり、慎吾はたまらず腰をよじらせる。

「あの、私…もう、いいかしら？」

慎吾の脚にまたがっていたNANAの腰が、連鎖反応のようにもぞついた。むっちりと肉のついた太腿を捩《よじ》り合《あ》わせ、堪えきれないような目をしている。

「NANAは、大丈夫なのかよ？」

こちらはいつでもOKだけど、女の子の身体は複雑に出来ていてそうはいかない。ずっとNANAにイニシアティブを取られていて、こちらは何もしていないのだから、慎吾のは少し不安になる。

「私だったら大丈夫。あの…あなたと、こんな事してるんだもの。だから…ねっ？」

わかってよ、と言う代わりに、NANAはもう一度慎吾の顔を睨みつけた。恥じらい混じりの表情が、とても可愛らしく見える。

NANAはそろそろと腰を浮かせ、そそり立つ肉棒に秘裂を押し当てた。ぬらつく肉の感触の後、ざらざらとした肉壁にそれは包み込まれていく。

「あふっ。んっ…あぁっ…」

可愛らしい喘ぎ声が、NANAの唇からこぼれ出た。眉根《まゆね》を寄せ、少し苦しそうな表情をしているけれど、薄闇の中でもわかる紅潮した頬の色が、それが苦痛ばかりでない事を慎吾に教える。

「私の中、いっぱい…。あなたのが入ってるの…」

じっとしている事に耐えきれなくなり、慎吾は両手を持ち上げた。頭上で揺らめく豊かな乳房を鷲掴みにして、思いのままに揉《も》みしだく。

「あふっ！　あっ、はっ…ダメッ。そんなぁ…私…んっ、んんっ…」

慎吾を内奥に収めたまま、堪えきれぬような風情で、NANAはくなくなと腰を揺すった。肉路が絶妙なうねりでもって彼を締め上げ、たまらず慎吾も腰を突き上げる。

裸の身体に汗が噴き出し、部屋の中を濃密な空気が満たしていった。お互いの汗とフェロモンの匂《にお》いが二人を同時に刺激して、結合した部分から素晴らしい悦楽が後から後から溢《あふ》れ出《で》てくる。

慎吾は腰を突き上げながら、NANAの乳房を揉みくちゃにしていた。柔らかな肉が手のひらの中で形を変えて、時折指の隙間から尖《とが》った乳首がこぼれ出る。赤く色づき、木の実のように硬くなったその部分に、口でむしゃぶりついてやりたかったが、そうするには起き上がったNANAの身体は遠すぎた。

NANA自身、慎吾の身体に手のひらを這《は》わせ、撫で回そうとしているようだが、快楽の中に飲み込まれて、自由に動けないようだ。淫《みだ》らに腰を蠢《うごめ》かせ、自身の中に収めた肉棒がもたらす快感に、ひたすら身を捩り続けている。

「熱いっ。んっ…熱いのっ。あなたの…あなたのが、私の中で動いてっ…。あっ、あぁっ…気持ち、いっ…ねぇ？　気持ち…いい…？」

「ああ、気持ちいいよ。ＮＡＮＡの中…すっげぇ…」

「嬉しいっ。私、あふっ…嬉しいっ…」

目許《めもと》にうっすらと涙を浮かべて、ＮＡＮＡは本当に嬉しそうに微笑んでいた。さながらこの世の幸せを、全てその身に受けているように。

ギシギシとベッドのスプリングが軋む中、時折肉壺から溢れた蜜《みつ》が、グチュッと淫らな音を立てた。それは確かに二人の耳に届いたはずだが、ＮＡＮＡももう恥じらうような余裕もなくて、うっとりとしたため息を漏らすだけ。

絶頂へと突き上げられる瞬間に、ＮＡＮＡの身体は大きくのけぞり、ガクリと慎吾の上に崩れ落ちた。汗ばむ肌を突っ伏して、荒く息をつく少女の身体を受けとめながら、慎吾もまた絶頂へと達していた。

火照った身体で抱き合いながら、快楽の余韻の中を漂っていた彼の耳に、甘やかな声が聞こえてきた。それはほとんど囁《ささや》きのように微かなものでしかなかったが、それでも慎吾の耳にははっきりと聞こえていた。

「好き…大好き…」

うっとりと呟《つぶや》くＮＡＮＡの声が愛しくて、脱力しきったはずの腕から全ての力を振り絞

第五章　本当に好きだから

り、柔らかな身体を抱きしめる。ＮＡＮＡも重い腕を持ち上げ、どうにか慎吾を抱き返す。闇の中、二人はしっかりと抱きあったまま、身じろぎ一つしなかった。まるで、何があっても絶対に離れるものかと、今この瞬間に誓いを立てているかのように。

第六章　私達はあきらめない

眠る慎吾の傍らで、ＮＡＮＡが微《かす》かに身じろぎした。それで彼は、目を覚ました。

まだ、早い時間だった。学校に行くまで、しばらくの間はのんびりしていられる。慎吾の肩に顔を埋めるようにして眠るＮＡＮＡの顔を、彼はそっと覗《のぞ》き込《こ》んだ。だけどその為《ため》には、慎吾も身体《からだ》をもぞつかさねばならず、そのせいでＮＡＮＡも起きてしまった。

「おはよ、ＮＡＮＡ」

寝ぼけ眼のＮＡＮＡは、慎吾の顔を見上げながら、しばらくの間ぼんやりしていた。今のこの情況が、どうやら飲み込めていないらしい。

「私《わたし》…どうしてここに…」

まだ眠たそうな声で聞いてきたＮＡＮＡに、慎吾は笑い出しそうになった。

「寝ぼけるなよ。昨夜ＮＡＮＡから誘ってエッチしてから、そのまま いっしょに寝ちゃったんだよ」

「私…」

途端にＮＡＮＡの意識は、覚醒《かくせい》した。ギョッとしたように目を見開いて、慎吾の顔を見たのは、ほんの一瞬。あっという間に耳まで真っ赤になってしまい、ＮＡＮＡは布団にもぐり込んだ。

「おい。ＮＡＮＡ？」

「見ちゃダメェッ!!」

もぐり込んだ布団の裾《すそ》を手で押さえつけ、めくり上げられないようにしている。昨夜の事を思い出した途端、恥ずかしくなってしまったのだろう。

「なーにテレてるんだよ。昨夜はあんなに大胆だったくせに」

「だから、言っちゃダメだってばぁっ!!」

布団の中で慎吾の胸元に頭をすりつけ、首を激しく振っている。そんな事をされると、くすぐったくてたまらない。それにＮＡＮＡをもっとからかいたくなってしまう。

慎吾は勢いよく起き上がると、布団越しにＮＡＮＡの身体を捕まえた。キャッ、と可愛《かわい》い悲鳴が上がるが、そんな事は気にもせずきつく腕に抱きしめる。

「苦しいっ！　苦しいってばぁっ!!」

じたばたと暴れるＮＡＮＡが、子供みたいで可愛かった。ようやく布団から顔を出し、ぷはぁっと大きく息を吐き出す。

「もうっ…いじわるぅっ！」

「で、恥ずかしいのは直った？」

ＮＡＮＡの顔をもう一度覗き込んで聞いてみた。

「あっ、もうっ…知らないっ」

つんと唇を尖《とが》らせて、ＮＡＮＡはそっぽを向いてしまった。その仕草の一つ一つが可愛くて愛《いと》しくて、もう一度慎吾はＮＡＮＡの身体を抱きしめた。

これ以上はないというくらいの、平和そのものの朝だった。

二段になった狭いベッドの中でしばらくじゃれあいはしたものの、やがて起き出して食堂へ行く。朝食をとって、二人いっしょに登校して、隣同士の席で授業を受けて、休み時間にはたわいもない会話をしたり、いっしょに昼食をとったりして過ごす。あんまり仲がよすぎると太陽にからかわれたり、光に呆《あき》れられたりしたけれど、そんな事はNANAはもちろん慎吾だってもう気にもしない。

その日はNANAが何か事件を起こすような事もなく、平和に穏やかに過ぎていった。授業が終わってもそれは変わらず、寮に戻っていっしょに夕食を終えた二人は、揃《そろ》って部屋へと戻る。

「あー、美味《おい》しかったぁ。今日のトンカツは美味しかったよね」

「それじゃ、NANAのは当たりだったんだ。俺《おれ》のは油切れが悪くてベトベトだったぜ」

「そうなの？　だったら、言ってくれたら取り替えたのに」

部屋に戻るなりお気に入りのクッションの上に座り込んだNANAは、慎吾の言葉に顔をしかめる。そのクッションは慎吾が実家から持たされた物なのだが、今ではすっかりNANA専用になっていた。

「別にいいよ。NANAは、美味《うま》いトンカツが食えたんだろ？　俺は寮の不味《まず》い食事には慣れてるからな」

「そんなのダメだよ。今度美味しくないお皿に当たったら、ちゃんと言ってね。ボクのと取り替えてあげるから」

楽しそうに微笑《ほほえ》んで、NANAはクッションにもたれかかった。猫が身体をすりつけるように、NANAはしばらくの間クッションになついていた。そんなNANAを慎吾はベッドの端に座って眺めていたが、見られていることを意識したのか、不意に恥ずかしそうな顔をした。

「あっ…あの、ね？」

「はいはい」

また、そんなに見ちゃイヤだ、とか可愛らしい事を言うのだろうか。少し慎吾は期待しながら、NANAの方へと身を乗り出す。

「ボクね、今日もものすご〜く楽しかったよ」

「なんだよ、それ？」

いきなり何を言い出すのかと、慎吾はつい苦笑してしまった。今日なんて、何も事件こそ起こらなかったけど、そのせいもあってごくごく平凡な一日でしかない。当たり前の、日常。どこにでも転がっているような一日。

それなのにNANAは少し照れくさそうに、だけどわざわざ改まって、楽しかったなんて言ったりするのだ。

「だって、楽しかったんだもん。ボクね、こんな日がずっとずっと続けばいいなぁって思っちゃった」

「あのなぁ、NANA。だからそんな事、改まって言わなくてもいいって。光も太陽も、NANAの事は友達だって認めてるんだし、他《ほか》の連中だってそうだ。よっぽどドジ踏んだりさえしなかったら、NANAもこのまま男としてやっていけるって。その…なんだ。もちろん、俺だってついてるんだしな」

最初はどうなる事かと思ったけれど、確かにNANAはこの学園に男子生徒として受け入れられた。いまさらNANAを女の子だと言い出す奴《やつ》は出てこないだろう。

(NANAはすっげぇ可愛いし、どうして女だってバレないのか、俺としては本当に不思議なんだけどな)

そんなNANAが、ただメールのやり取りをしていただけの自分の事を好きになり、男装してまでこの寮にやってきた。その事を思い出す度、慎吾は嬉《うれ》しいような恥ずかしいような、くすぐったい気分になってしまう。

今も彼はそんな気分に陥って、照れくさそうにNANAを見た。だけどNANAは浮かない顔で、視線を床に落としている。

「ＮＡＮＡ、どうした？」

たった今まで楽しそうにしていたＮＡＮＡのそんな表情に、慎吾は少し驚いてしまった。聞いてみてもＮＡＮＡは答えず、慎吾の方を向こうともしない。

「ＮＡ…」

「あの…ね。私…ちょっといいかな？　ちょっとだけ、お話…したい事があるの」

何をいまさら改まって言い出すのだろう。ケンカをしていた時はともかくとして、今まで慎吾が一度でもＮＡＮＡに話をさせなかった事があっただろうか。

なにごとだろうと、つい身構えそうになりながら、慎吾は話を促した。ＮＡＮＡはひどく緊張した顔をしている。

「あの…私ね、今までずっと、一人で生きてきたの。だからね、こんな風に学校に通ったり、たくさんの人とお話をしたりするのが、楽しくって仕方がないの」

今までずっと、一人で生きてきた？　それはいったい、どういう事なのだろう。メールのやり取りの中で教えてもらったＮＡＮＡが育ってきた環境は、山の近くでとにかく恥ずかしいくらいの田舎。学校も生徒が一人しかいないようなところで、先生からほとんどマンツーマンの指導を受けてきた。

あやふやではあったけど、慎吾自身別にＮＡＮＡの生活環境について根掘り葉掘り聞き出そうとは思わなかったから、そんなものなのだと納得する事にしていた。山の小さな分校のような所を勝手に想像はしていたのだが、それは間違いだったとでもいうのだろうか。

わけがわからないまま沈黙するしかない慎吾に、ＮＡＮＡは淡々と言葉を続ける。

「一人…ううん。本当は、一人じゃないわ。私は、二人で暮らしていたの…」


私が暮らしていたのは、広いお部屋の中だったわ。和室が二つ。それから、お風呂場《ふろば》とおトイレもあったけど、それだけ。四つの部屋の中で行き来する事は出来たけど、その外には出られなかった。襖《ふすま》とドアで仕切られていて、そのどれにも鍵《かぎ》や掛け金がかけられていたから、開ける事も出来なかった。そこでね、私は温子《あつこ》伯母さんっていう人に育てられていたの。

物心がついてから、一度伯母さんに聞いた事があるわ。この襖やドアの向こうには、いったい何があるのって。

私が別のお部屋に行っている間に、時々温子伯母さんはいなくなってしまう事があったから。一人の時に寂《さび》しくて大声で呼んだら、ドアの開く音の後で、温子叔母さんが私の側《そば》に来てくれた事があったの。

だからきっとこのドアや襖の向こうには、別のお部屋があるんだろうなって、私は想像していたの。

だけど伯母さんは言ったわ。

『何もないわよ。七海。この外には、何もないの』って。

だったら温子伯母さんはこのお部屋にいない時はどこにいるのって聞いた事もあったの。そしたら伯母さん、そんな時は私は自分の部屋にいるのよって答えてくれたわ。だけどそんな時の伯母さんは、ものすごく寂しそうな顔をするから、そのうちに私は襖の向こう側の事は聞かないようになっていったの。

この向こうには、やっぱり同じようなお部屋があって、それで温子伯母さんも私みたいに一人でいて、時々私のいる場所に来てくれるんだろうなって。私、そんな風に考えて、自分を納得させていたの。


ＮＡＮＡの話は、慎吾にはやはり理解が出来なかった。

ずっと一人で暮らしていた？　温子伯母さんという人

が世話をしてくれたというのはわかった。だけど部屋の外については何も教えてくれなかったとか、ＮＡＮＡの話はあまりに異常すぎるものだ。


私が一人で退屈しないようにって、私のお部屋にはおもちゃや絵本がたくさんあったわ。

そのおもちゃに私が飽きたら、温子伯母さんはすぐに新しいのを持ってきてくれるの。

私は絵本が好きだったから、特にたくさん持ってきてもらったのだけど、そのうちにおかしな事に気がついたの。

物語の絵本の中には、たくさんの人が出てくるお話がいくつかあったわ。それで、一つの場所に一人だけじゃなくて、たくさんの人がいっしょにいられる所があるのかなって思ったの。

たくさんの絵本の中では上の方が水色に塗られていて、時々白いふわふわしたものが描かれていたわ。

これは何？って聞いたら、温子伯母さんは空と雲よって教えてくれたの。

だけど、全部作り事。空も雲も、一つの場所にたくさんの人がいるのも、みんな作り物。

そのお話を描いた人が、こんなだったらいいなぁって思って作ったんだって。

私は何も知らなかったから、伯母さんの言う事を、ただそうなんだって信じていたの。

空や雲さえ知らなかった？　ＮＡＮＡはいったい、何を言っているのだ？　訝《いぶか》る思いは次第に驚愕《きょうがく》へと変わっていき、慎吾の言葉を完全に奪ってしまう。ＮＡＮＡ自身、彼がひどく驚いていて、自分の言葉を信じられないものだと受けとめているのだと、ちゃんと気づいているようだった。

それでいて、信じてほしいと訴える気も、理解してもらう為のより詳しい説明を入れようという気もないらしい。

ＮＡＮＡはただ淡々と、教科書の文章を朗読していくような抑揚のなさで、慎吾に生い立ちを語り続ける。

閉ざされた部屋の中で、温子伯母さんだけを話し相手にして、温子伯母さんが持ってきてくれる本やおもちゃだけを相手にして、私は育ってきたの。

寂しいなんて、思った事はなかったわ。

温子伯母さんは私にとても気を遣って優しくしてくれていたし、いつもきちんと手入れされたお部屋の中で、自分のしたい事だけをして過ごしていたんですもの。私は自分が満たされているって思っていたし、何かを望むなんて事だって考えたりもしなかったんですもの。


そんなの、間違っている。

なにがと問われれば、それは慎吾にも説明出来はしなかっただろう。それでも慎吾には間違っていると感じられた。

それとも慎吾が知らないだけで、NANAの言うとおり誰《だれ》もいない環境しか知らないのならば、それはそれで幸せに生きていけるものなのだろうか。


だけどね、私、一度だけ外に出たの。温子伯母さんが帰った後で襖が開いているのを見つけて…あれ、偶然掛け金が外れちゃったのでしょうね。それで私は外に出たの。

掛け金をかけていた襖は一枚だけで、他の襖は全部簡単に開いちゃったわ。最後に一枚だけドアがあって、それは私が見た事のないドアノブのついているタイプだったからちょっと苦労したの。でもね、色々と試していたら偶然開いたわ。それで私は外に出られたの。ものすごく興奮したわ。だって、天井がものすごく高いんですもの。それに水色で、と

ころどころ白いものが浮かんでいて。私はそれを見て、自分は絵本の世界の中に入っちゃったんだって思ったの。だって、絵本に描かれていたのと、そっくりだったんですもの。

後ろを見たら、私が出てきたドアがあって、そこに小さなおうちがあったの。ここが、今まで私がいた場所なんだなぁって思って、外から見たらこんな風だったんだってちょっとビックリして。それから周りを見回したの。

目の前に砂利と敷き石で出来た道があって、私は両方の上を歩いてみたわ。敷石の上は靴下越しでもほんのりと温かくって、砂利の上はチクチクしたわ。それから芝生を見つけてその上も歩いたり、水をまいた後のぬかるみはちょっと恐《こわ》かったから指で触ってみたの。だって踏んづけてみて、もしもずぶずぶって飲み込まれてそのまま出てこられなくなっちゃったら、大変だって思っちゃったんですもの。

歩いているうちに、いろんな建物を見つけたわ。私がいた場所から少し離れた所に、とても大きな建物があったの。日本建築で、すっごーいって思えるくらい立派な建物。それから車庫や犬舎やちっちゃな小屋とか。

車庫にはたくさんの車が並んでいて、車って走ってばかりじゃないんだってその時初めて知ったの。絵本には、『自動車は走る』って書いてあったんですもの。それから大きな犬舎に大きな犬がたくさんいて、私はビックリしたけれど、向こうもビックリしてたみたい。みんな私の事をじっと見ながら、こいつは誰だろうって考えているみたいだったもの。

大きな鯉《こい》がいる池や孔雀《くじゃく》やキジを飼っている小屋もあって、私、こんなにたくさんのものが襖の向こうの世界にはあったんだって、ドキドキしながらいっぱい歩いちゃったの。

でもね、そのうちに歩き疲れちゃって、それで木陰で休憩したの。

その時、私は生まれて初めて自分と温子伯母さん以外の人間を見たの。


「それ…誰だよ？」

ようやく慎吾はＮＡＮＡの話に口を挟めた。それまであまりに信じられない事ばかりを聞かされて、呆然《ぼうぜん》としてしまっていた。それでもずっと聞いているうちにやっと頭の中が空っぽになって、ＮＡＮＡの話を促すような事が言えたのだ。

それまで慎吾の中を満たしていた、そんなの嘘《うそ》だろうとか、そんな事あるはずないじゃないかといった疑問の念も、もうすっかりなくなっている。

穏やかで澱《よど》みのないＮＡＮＡの話し方。ずっと聞いているうちに、話の内容が頭の中に染み込んで、やっと信じる気になれたのだ。

ＮＡＮＡは、本当にあった事を話しているのだと。

木の陰になっていた庭石の上で座っていたら、どこからパンッて大きな音がしたの。その後それよりずっと大きな声が聞こえたわ。

『馬鹿者《ばかもの》っ！　七海がいなくなっただとっ⁉　お前達《たち》は、いったい何を見張っていたのだっ‼』

って。男の人の声だったけど、私…あの時ビックリした事や聞いた話は、多分ずっと忘れられないと思う。

何があったのかしらって、私は慌てて見に行ったわ。音がしたのは、私が見つけた中で一番大きな建物の方からだったの。縁側に向かった襖が一枚開いていて、中が見えたわ。その中は床の間がある小さなお部屋で、着物を着た温子伯母さんにとってもよく似た女の人が、畳の上に座り込んでいたの。その前に、こっちに背中を向けていたから顔は見えなかったけど、その人よりも年をとっているみたいな男の人がいて…。

その人達が、私のお父さんとお母さんだったの。

私が聞いたパンッって音は、お母さんの頬《ほお》を叩《たた》いた音

だったみたい。お母さんは片手で頬を押さえていたけど、指の隙間《すきま》から赤くなっているのが見えたから。

お父さんはものすごく怒っていて、私を離れの建物から出しちゃいけないとか、そんな事をしたら何が起こるかわからないって言っていたわ。お母さんは怯《おび》えていて、ただごめんなさいって謝るばかり……。

私はね、本当は生まれてすぐに、殺されなくちゃいけなかったみたいなの。


殺す？

NANAの口から出てきた恐ろしい単語に、慎吾は呆然としてしまった。それでなくてもNANAの話には驚かされるばかりで、水を差さないよう黙って聞いてはいたのだ。それでもあまりにさらりと言われてしまった言葉の恐ろしさに、慎吾は聞き返す事さえ出来なかった。

私は、本当は、生まれてすぐに、殺されなくてはいけなかったの。

NANAはどうして、そんな恐ろしい事を、こんなに冷静に口に出来たのだろう。

言葉もなく、情けないくらいに驚いてしまった慎吾の前で、NANAは寂しげな目をしながら、穏やかな声で話を続ける。

私の家…神崎家って、ものすごく古い家なの。鎌倉時代の終わりにお侍になった人が出て、江戸時代はお殿様だったの。だけど古い家だから、それなりに色々な事があったみたい。特に双子が生まれた時は、家督争いが起こったり、領地じゅうに疫病が蔓延《まんえん》したりで、神崎家が潰《つぶ》れちゃってもおかしくないくらい大変な事ばかり起こったそうよ。片方を養子に出してもダメ。それは全部、双子のどちらかが死んだ時にだけ、嘘みたいにきれいに収まったんですって。

だから私と弟が生まれた時も、親戚じゅうのみんなが、どちらかを生まれなかった事にしてしまえって迫ったんですって。ただお母さんだけが、殺すのなんて絶対に嫌、いない事にするんだったら、せめて命だけでも助けてあげてってお願いしたの。

それで私が一人きりで、離れの中で育てられたの。外の世界を知らない代わりに、外の世界からも知られなくて、私という人間はこの世にいない事になったの。

ＮＡＮＡが何を言っているのか、慎吾にはわからなかった。頭の中で言葉の意味は理解出来るが、心が拒否反応を示す。

そんな事があるはずがない。そんな恐ろしい…この世に生まれた一つの命を、そんな昔に起こった悪い偶然の符号の為に、いなかった事にしてしまおうだなんて、そんなひどい事があるはずない。

そんなの冗談だろう。ＮＡＮＡ、いくらなんでも言っていい冗談とそうでない冗談があるんだぞ。そう言って、ＮＡＮＡの背中をバンと叩いて、いっそ笑い飛ばしてしまいたい。だけどそれも、慎吾には出来なかった。ＮＡＮＡがこんなひどい話を、いくら冗談ででも口にしたりするはずがない。そうわかりきっているだけに、息苦しいような気持ちを必死に押し殺し、話に黙って耳を傾ける事しか慎吾には出来なかった。


私、自分が何を聞いているのか、その時はよくわからなかったわ。とにかく私は生きていちゃいけない人間で、それは私のせいじゃなくて、でもお母さんやお父さんは、私のせいで苦しんでいる。そんな事が頭の中でぐるぐる回って、動く事も出来なかったの。

そのうち声を聞きつけたのね。温子伯母さんがお父さん達のいる部屋に来て、暴力はやめて下さいって二人の間に割って入ったわ。その時、温子伯母さんは、私が茂みに隠れているのを見つけたの。ものすごくビックリした顔をして…。

それで私、慌てて走り出しちゃったの。とにかくここにいちゃいけないって、自分がいた離れの中に逃げ込んだの。

後でやってきた伯母さんに、お父さんが話していた事は、全部本当の事なんだって教えられたわ。神崎家に双子が生まれるといつも大変な事が起こったとか、私達が生まれた時に、みんながどちらかを生まれなかった事にするべきだって…お父さんも仕方がないって言って、お母さんだけがそんなの絶対に嫌だって言って。

それから私は、絶対外に出ないって、温子伯母さんに約束したの。だって温子伯母さん、私の為にいっぱい泣いて、ごめんなさい、ごめんなさいって、自分が悪いわけじゃないのに、いっぱい謝ってくれたんだもの。

温子伯母さん、本当に私にごめんなさいって思っていたみたい。それからは、今まで以上に私の為に色々な物を持ってきてくれたわ。

ずっと私に隠していた、普通の子が読んだりするような雑誌や漫画や教科書。それにね、ノートパソコンと携帯電話。

かける相手なんかいなかったけれど、それでも伯母さん、これは絶対ナイショだから、ダイヤルボタンを押しちゃだめよって。その代わり、ノートパソコンでインターネットにつなぐ方法を教えてくれたの。

そうして私は、あなたと知り合う事が出来たの。

「ＮＡＮＡ…」

慎吾には、その後どう言えばいいのか、これっぽっちもわからなかった。大変だったな、か？　それとも、ＮＡＮＡはずっと一人で寂しかったんだな、か？

どんな言葉をかけたとしても、それは自分のようにごくごく普通の人生を送ってきた者から出れば、おこがましいとしか思えなかった。

それほどまでにＮＡＮＡの背負ってきたものは重く、慎吾はただ言葉もないまま、彼女を見つめるしかなかった。ＮＡＮＡもそれで満足なのか、全《すべ》てを語り終えたかのようにホッとした顔をして、ようやく弱々しくだが微笑みを見せる。

だけどＮＡＮＡは、どうしてここに来られたのだろう。家の外どころか、離れの中からさえ出してもらえなかったＮＡＮＡが、どうしてこの鷹宰学園に男子生徒として転校してくる事が出来たのだろう。

気を落ちつけ、やっとの思いでそれだけ尋ねた慎吾に向かって、ＮＡＮＡはまた寂しげな顔をした。慎吾から視線を逸《そ》らし、ひどく申し訳なさそうな顔をする。

「私がね、インターネットをしている事が、お父さんにばれちゃったの。お父さんはものすごく怒って、私のパソコンも壊しちゃって、もう二度とこんな事はしちゃいけないって。それでね、私お願いしたの。それだったらせめて一ヶ月でもいいからこの学園に…あなたの側にいさせてほしいって。お父さんは、もちろん駄目だって言ったけど、私はあきらめないで一生懸命お願いしたの。それで…ね」

「一ヶ月…」

告白の内容に驚きすぎていたせいか、慎吾の思考はなかなか働こうとはしてくれなかった。だからNANAが父親に怒られた事も大切にしていたパソコンを壊されてしまった事も、そんな目にあっていたのかくらいにしか思えなかった。その中でたった一つの言葉だけが慎吾の心に引っかかり、ゆっくりと染み渡っていく。

一ヶ月。NANAの転入には、期限があったのか？

「待、待てよっ、NANAっ。それじゃあNANA…まさか一ヶ月で帰ってしまうっていうんじゃないだろうなっ!?」

うつむいて、床の一点だけを見つめるNANAの顔を見、慌てて慎吾はカレンダーに視線を移した。NANAがこの学園に転校してきたのは…そうだっ。ちょうど一日だった。あれから何日が過ぎている？　NANAの言う期限が本当なら、あと一週間もないじゃないか。

もう一度答えようとしないNANAの名を呼ぶと、彼女はようやく顔を上げた。ほんの少しだけ寂しそうな顔をして、だけど真っ直《まっす》ぐに慎吾を見つめる。

「そうなの。私、本当だったら一ヶ月で帰らなくちゃいけないの。昨日のお昼に呼び出しがあったでしょう？　あれも…本当はね、成績の事なんかじゃなかったの。私の家から電話があって、約束の期限はもうすぐだぞって。ちゃんと帰ってくるんだぞって、そんな話をしていて…」

「そんなの、無視しちまえよっ！　そんなひどい家、帰る事はないって！　ＮＡＮＡはずっとここにいればいいじゃないかっ!!」

たまらず怒鳴った慎吾の声に、ＮＡＮＡはビックリしたようだった。しかしギョッとした表情は一瞬後には微笑みに変わった。心の底からホッとした微笑みに。

「ありがとう。でも、心配しないで。大丈夫。私は、大丈夫だから」

ＮＡＮＡの顔には、これっぽっちの迷いもなかった。ＮＡＮＡは落ちついた眼差《まなざ》しで、慎吾の視線を受けとめる。

「私も、決めたの。私はあきらめない。初めてここに来た時は、私は約束の時がきたら、あなたとお別れしなくちゃいけないんだって、最初からあきらめてしまっていたわ。だからせめて決められた時間の中で、少しでもあなたと二人で楽しく過ごしたいって、そんな事ばかり考えていた。でもね、そうしなくっちゃってがんばらなくても、私はただここにいるだけで、とても素敵な時間を過ごせたの」

「だったらそうしようっ。ＮＡＮＡはずっと、ここにいろよ。もう週末になっても、家になんか帰る事ないって！」

腰かけていたベッドの上から弾《はじ》かれたように立ち上がり、慎吾はＮＡＮＡの前に膝《ひざ》をついた。膝小僧を抱え込んでいた小さな手を両手で握り締め、ＮＡＮＡの顔を覗き込む。そんな慎吾の行動に、ＮＡＮＡは本当に喜んでいた。包み込む手のぬくもりに薄く頬を染めている。だけどもう一度慎吾が行くなと念を押すと、ＮＡＮＡはその細い首を、ゆっくりと横に振った。

「ううん、駄目なの。それじゃあ、逃げる事になっちゃうもの。私は、逃げたりしない。もう一度家に帰って、それでちゃんと話をするの」

「ＮＡＮＡ…」

「私はあきらめない。絶対に、あきらめない。だから、大丈夫。…覚えてる？　これって、あなたが言った言葉なのよ」

慎吾には、これっぽっちも覚えがなかった。申し訳ない思いと共にそう答えると、ＮＡＮＡはやっぱりといった風に小さく笑い、以前慎吾が出したメールに書いてあった言葉だと言った。

田舎だから、どうしても友達が作れなくて寂しいと書いたＮＡＮＡのメール。それに慎吾が答えたのだ。それでも、今までの友達はいるんだろ？　それに俺ともこうやって、メールで友達になれたんだ。寂しいなんて言ってあきらめないで、ガンバレと。

そう教えてもらって、やっと慎吾はそんなやり取りをした事を思い出した。だけどＮＡ

NAは、慎吾が書いたメールの文句一つ一つを、間違える事なくなぞっていた。NANAはいったい自分が送ったメールを、何度読み返したのだろう。

その日は金曜日だった。NANAが実家に帰るのは明日だ。その決意が固い事はよくわかったが、それでも慎吾はもう一度だけ、NANAに帰省を取りやめたほうがいいんじゃないかと言ってみた。

だけど、NANAの気持ちは変わらない。

明日家に帰ったら、ちゃんと両親と決着をつける。神崎の家にどんな言い伝えが残っていようが、今まで自分が生きていて、それでも何も起こらなかったのだ。この可能性に賭《か》けて、自分を解放してほしい。神崎の家を出る代わりに、大好きな人の側にいる事を許してほしい。そう伝え、彼らに認めてもらうのだと。

その夜NANAは、慎吾と同じベッドで眠った。セックスのない、ただ抱き合うだけの安らかな眠り。それだけで、NANAも慎吾も満足だった。


「それじゃあ、行ってくるね」

いつもと同じ、土曜日の朝。一つだけ違ったのは、その日慎吾がNANAより早く目覚めた事。今までだったら、彼が眠っている間にNANAは出かけていたのだけれど、今日は慎吾に見送られてだ。

仕度をすませ、ドアノブに手をかけようとしたＮＡＮＡに、思わず慎吾は声をかける。

「俺、やっぱりついて行こうか？」

ＮＡＮＡの決意を知ってはいても、やはり慎吾は不安だった。一人の少女を生まれた時から十何年も軟禁し続けていたような家を、ＮＡＮＡだけで説得なんて本当に出来るのだろうか。

それでも、振り返ったＮＡＮＡは微笑んでいた。

「大丈夫。私、がんばってくるから」

力ない微笑みが、慎吾には気になった。ＮＡＮＡはそう言ってくれているけど、やはり本音は不安なのだろう。

そんな事を考えていた慎吾の前でＮＡＮＡはいきなり踵《きびす》を返すと、勢いよくキスしてきた。あんまり急だったものだから、ほんの少しだがお互いの歯が当たってしまう。

「エへ。勇気が出るおまじない」

悪戯《いたずら》っぽく微笑んで、ＮＡＮＡは慌しく出かけていった。

ＮＡＮＡを励まさなくてはいけないと思っていたのに、逆にこちらが励まされてしまった。優しいＮＡＮＡ。ずっと一人っきりで生きてきたのに、どうしてあんなに他人を思いやる事が出来るのだろう。

「俺も、ＮＡＮＡに負けないようにしなくちゃな」

ＮＡＮＡの説得がうまくいくよう、祈る事しか出来ない慎吾だ。それでも何かＮＡＮＡの為にがんばりたかった。

（俺…今まで何も考えてなかったけど、ＮＡＮＡの為にもしっかりしないと。ＮＡＮＡは俺の為に、家を捨てるって言ってくれてるんだ。それなら俺は、ＮＡＮＡをしっかり受けとめられるようになる為にも、もっとちゃんとしなくちゃいけないんだ）

それまで安易に考えていた自分の将来について、どうすればいいのかなんて具体的な事は、いきなりは出てこなかった。それでもＮＡＮＡの為にという思いに突き動かされて、その日一日慎吾は机に向かっていた。遊びに来た太陽や光が呆れるくらい熱心に勉強し、疲れた時には自分自身とＮＡＮＡの将来について思いを巡らす。

そして翌日。思いきって、慎吾は月島ベーカリーを訪れた。つい先日、慰めたい思いもあったがほとんど勢いで花梨を抱いてしまった彼にとって、さすがにここは敷居が高かった。花梨に会ったら、どんな顔をすればいいのかわからない。あの日以来、一度もこの店に顔を出さなかった慎吾に、花梨はいったいなんて言うだろう。

店のドアを開けると、甘い匂《にお》いが漂ってきた。店番をしていた月島氏が、慎吾の顔を見るなり、ホッとしたように笑っていらっしゃいと声をかける。

その声を聞きつけて、店の奥から花梨が飛び出してきた。

「お兄ちゃんっ！　いらっしゃあいっ！」

明るく元気な笑顔は、以前とまったく変わりがなかった。月島氏が慎吾と入れ替わりに入院している奥さんの見舞いに出かけ、二人きりになった途端、花梨は慎吾の腕を取った。

「お兄ちゃんっ、見て見てっ！　これっ、花梨が作ったパンなんだよっ！」

レジ台前のかごの中に、四角いパイのようなパンが置かれていた。新製品のポップが張られて、甘い匂いを放っている。この店に入った時に嗅いだのと同じ匂いだ。

「昨日成功したの。それでお父さんがね、すっごく美味しいから、お店に置いていいって言ってくれたのっ！」

自分でがんばって新製品のパンを焼くつもりだったのに、それが出来なくて泣いていた花梨。その姿を目にしていただけに、喜ぶ笑顔が慎吾にはたまらなく嬉しかった。

「あのね、今朝お店に出したばかりなんだけど、さっき二個売れたんだよ。ねっ、お兄ちゃん。これだったら、きっとお店も繁盛するよねっ？」

「そうだな。これならきっと売れるだろうな」

花梨はこんなにがんばっているのだ。店に入った時に漂ってきた甘い匂いに、大して甘い物好きでもない慎吾さえ、ほんのちょっぴり食欲をそそられたぐらいなのだし。

「大丈夫。花梨ちゃんがあきらめたりせずがんばれば、きっとこの店も流行《はや》るようになるって」

あきらめたりしなければ。確かに、いい言葉だよな。そう気がついた途端、NANAのおかげか、心の中にふんわりと温かなものが広がった。同時に、花梨にはやっぱりちゃんと言わないといけないという思いもわき上がってくる。

「花梨ちゃん。俺もボランティア期間中は、がんばるよ。だから花梨ちゃんもあきらめずにがんばれよ」

「ボランティアの間だけ？　花梨の為じゃあないのぉっ？」

途端に花梨は、ムッとむくれた。だけどその表情は、今までみたいに遠慮のない子供っぽいものではなかった。微かにだけれどよそよそしさが感じられるのは、花梨が自分の思いだけを押しつけようとしているのではなく、慎吾の都合を考えてどう言われるのか窺っているからか。

花梨もほんの少しだけ、大人《おとな》になったのだろうか。

「んっ、そうだな。だってこの店は、花梨ちゃんの店なんだろう。だったら、花梨ちゃんががんばらなくっちゃ。…俺は俺で…」

がんばりたい事が出来たんだ。そう続けようと思ったけれど、不意に慎吾は花梨に突き飛ばされて、その先を口には出来なかった。

「お姉ちゃんっ！　帰ってきてくれたんだっ!!」

いつの間にか慎吾の後ろでドアが開いていて、髪を二つにくくった若い女性が入ってきていた。慎吾よりも年上らしいが、その面差しにはどことなく花梨と似通ったところがある。慎吾は会った事がなかったけれど、これが花梨の姉らしい。

「お兄ちゃんっ。これが花梨のお姉ちゃんっ。野花《ののか》お姉ちゃんっていうんだよっ。ねっ、お姉ちゃん。今日はどうしたのぉ？」

「花梨。お姉ちゃんだって、たまには家に帰ってくるわよ。今はお店だって大変な時なんだし」

「やったぁっ！　それじゃあお姉ちゃん、お店の手伝いしてくれるんだっ。もう花梨、頼りにならないお兄ちゃんなんかいらないもんねーっ」

ベーッと子供みたいに舌を出し、花梨は野花のエプロンを取りに行くと言って、店の奥に引っ込んでしまった。野花は困った顔をして、あの子ったらなんて言いながら、初対面の慎吾に詫《わ》びる。

(花梨ちゃんが大人になったなんて、俺の思い込みだったみたいだな)

やっぱり変わりのないように見えた花梨の様子に、慎吾も苦笑する。

それでも慎吾はホッとした。花梨が、自分の事なんか必要ないと、はっきり言いきってくれたから。あの時の事は一時の気の迷いだと思ったのか。それとも花梨は、慎吾の心が自分にないと気がついて、わざとあんな態度を取ったのか。

それは慎吾にはわからなかったが。

結局その日は、花梨が野花ベッタリになってしまったから、それ以上の話は出来なかった。帰り際、花梨は慎吾にもう一度、ベッと大きく舌を伸ばした。

「もう、来なくてもいいからねー」

なーんて、ウソだよぉ。と続けた花梨は笑っていたが、その目はほんの少しだけ寂しそうに見えた気がした。

夕食前に寮に戻って、慎吾はホッと一息ついた。あとは、NANAの帰りを待つばかりだ。家族の説得はうまくいったのだろうか。

何度も考えた事だけれど、やはり簡単ではないだろう。NANAは説得に失敗してしまったかもしれない。

「それでも俺は、あきらめないからな」

声に出して、はっきりと言ってみた。あきらめない、あきらめない、絶対にあきらめない。NANAの事を、あきらめない。彼女が自分の事を必要としてくれている限り、ずっとその側にいる。NANAの側にいて、わけのわからない風習に縛られた神崎家に、俺もいっしょに立ち向かってやる。

NANAが寮に帰ってきたら、はっきりそう伝えてやるんだ。

その時、内線電話のベルが鳴った。管理人のおばちゃんから、実家のお母さんから電話ですよと告げられた。珍しい事もあるものだと受話器を取ったが、そこから流れてきた声は慎吾が聞いた事のないもの。

声の主は、自分を藤森《ふじもり》温子――NANAの伯母であると告げた。

「落ちついて聞いて下さいね。七海は、いなくなってしまいました。昨日手術が行われて、あの子は亡くなってしまったんです…」


寮を飛び出し、どうやって病院にたどりついたか、慎吾にもよくわからなかった。夜の街をさんざ走って、一番最初に見つけたタクシーにとび乗って、慎吾は私立帝慶病院に到着した。

以前NANAが、タクシーに告げた行き先の場所。そして昨夜遅くからほんの二時間ほど前まで、手術が行われていた場所。

NANAの弟は生まれつき肺が弱く、移植手術を受ける以外に道はなかった。そしてNANAは、そのドナーになったのだ。

「七海は、自分から言い出したのです。私の肺を、弟にあげると。その代わりに…」

初めて会った藤森温子は、伯母だけあってNANAの面影を宿していた。だけど慎吾に、そんな事に気づくような余裕はない。ほとんど走りづめだったものだから荒くなる息を抑える事も忘れたまま、食い入るような目をして温子の話を聞いていた。

インターネットを通じて外界と――慎吾とつながりを持っていた事が知られた時、NANAは必死に懇願した。一度だけ、外に出たい。せめて一ヶ月の間でいいから、橘慎吾の側にいたい。その代わり、自分の身体を弟にあげるからと。

「あの子は、死を覚悟していました」

滲《にじ》みそうになる涙を堪《こら》え、温子は努めて淡々とした口調で、慎吾に話を続けていく。それほどまでに、難しい手術だったのだ。温子もはっきりとは言わなかったが、それは弟の命を優先で行われたものだったらしい。

そんなにまでして、NANAは俺に会いたかったのか？　そう思うと、慎吾の胸はじりじりと痛んだ。そこまで思ってくれていたNANAに、自分は今まで何をしてあげられたのだろう。もっと何か、してやれた事はなかっただろうか。もっと優しくしてやったり、周りにどう思われようと、ずっと側にいてやったり。

いや。そんな事より、どうして昨日NANAを行かせてしまったのだろう。何が何でも行くなと止めれば、NANAは死なずにすんだのではなかったのか？

「どうして…。NANA。どうして俺に、なにも言わず…」

思わず零《こぼ》れた慎吾の呟《つぶや》きを聞きとがめ、温子の目尻《めじり》に涙が浮かんだ。

（七海。あなたと同じように、この人もあなたの事を好きでいてくれていたのね。ほんの短い間だったけど、あなたは幸せだったのね）

泣き出してしまいそうな自分自身を叱咤《しった》して、温子は声を絞り出す。

「七海は、あなたには手術が終わってから全てを話すと言っていました。そうしないと、あなたは優しい人だから、絶対に自分を病院に行かせてはくれなかっただろうって…」

「当たり前だっ!!」

たまらなかった。どうしてNANAは、言ってくれなかった？　どうして自分は、気づいてやれなかった？　あの時、どうして…。

今の慎吾は、堂々巡りを始めた思考の中に、完全に捕らえられてしまっていた。こんな状況では誰の話も――ましてや神崎家の一員である温子の話など、聞きたくなんかないはずだ。それなのに耳を傾けてしまうのは、話がNANAの事だからだ。

「あの学園に転校するまで、あの子は死を覚悟して…。でもあなたに会って、あの子は変わりました。毎週この病院に検査の為に訪れる度、外の世界がどんなに楽しいか。そしてあなたがどんなに素敵な人か、七海はその話しかしませんでした」

手術の前に、NANAは言ったらしい。絶対に、あきらめない。最初は無理だと思っていたけど、自分はきっと生きて帰ってくる。そしてもう一度、大好きな人に会うのだと。

「NANA…」

昂《たかぶ》る感情は堰《せき》を切り、ついに慎吾は涙を流した。我慢なんかしていたわけではない。NANAの死がどうしても理解出来なくて、ただ呆然としていただけだ。しかし温子の話を聞くうちに、ようやく慎吾は理解した。NANAが、死んでしまったのだと。

「NANAに、会わせて下さい」

ようやく慎吾はそれだけを言った。しかし温子は、力なく首を振るだけだ。

切り刻まれた肉体は、もう慎吾の手の届かない実家へと送られた後だった。


その後慎吾はどうやって寮に戻ったのか、全く覚えていなかった。寮についたのはかなり遅くで、車から降りて（タクシーでも使ったのか？）玄関をくぐるなり寮のおばちゃんに声をかけられた。だけど慎吾があまりにひどい様子だったので、普段だったら門限破りを絶対に許さない彼女も、なにも言わずに通してしまった。

ベッドの中に身を投げ出し、起きているのか眠っているのかもわからないような意識の中で、NANAの事だけを考える。呆然としたまま、ずっと涙を流し続けていた。

夜が明けてようやく涙は枯れてしまったが、起きあがる気になど到底なれず、慎吾は学校にも行かなかった。

そんな状態が何日も続き、光や太陽や担任の弥生先生が、入れ替わり様子を見に来てくれた。しかしそれさえもＮＡＮＡの事を思い出すきっかけにしかならず、彼の心を沈み込ませる。

慎吾は、ＮＡＮＡの死を誰にも伝えなかった。学園側には、神崎家から七瀬は急に実家に帰らなくてはならなくなった為転出させると、ＮＡＮＡが死んだ夜に学園長の自宅に電話が入ったらしい。

だから誰も、ＮＡＮＡの死を知らない。ＮＡＮＡの荷物がなくなって、また一人きりになってしまった部屋の中で、慎吾は時折妄想する。

本当に、ＮＡＮＡは死んでしまったのだろうか。

手術の話なんて全部嘘で、ある日突然ＮＡＮＡからメールが届くのではないだろうか。

いや。ＮＡＮＡのパソコンは父親に壊されてしまったと言っていた。それならば、ここに来るのはメールじゃない。ある日いきなりドアが開いて、ＮＡＮＡが息せき切って飛び込んでくるのだ。

もうあなたに会っちゃいけないって言われて、家の離れに閉じ込められていたの。でも私、逃げてきたわ。だって絶対あきらめたくなんかなかったんだもの。もう一度ちゃんとあなたに会わなくちゃって、私がんばったの。もう一度あなたに会って、ちゃんとお話をする為に。

――もう一度あなたに会って、ちゃんとお話をする為に？

慎吾の心に、光が射し込んだ。心に浮かぶ想像の中、NANAがたった一言口にしただけで、彼の思考は甦《よみがえ》る。

俺は、NANAに会ってない。NANAの姿を見もせずに、ただ話を聞かされただけで、すごすごと帰ってきた。どうしてあんなに早く、俺はあきらめてしまったのだろう？　もっと食い下がってもよかったのではないか？　もっとNANAの死を疑ってみてもよかったのではないか？

それはただ、NANAの死を信じたくなかっただけの、妄執なのかもしれない。それでも慎吾はようやくベッドから這《は》い上《あ》がり、ブラインドを開けて窓辺に立った。

今は夜だったらしく、窓の外は真っ暗だった。しかしたとえ日が昇っていても、ここからあの病院は見えない。

調べてみたいと思った。

自分はあの病院でNANAが死んだ事しか知らない。それが事実なのかそうでないのか。たとえ事実であったとしても、それならばせめてNANAの墓がどこにあるのか。彼女が育った神崎家とやらがどんなご大層な家なのか、それを自分で確かめたい。

「あきらめたりなんかするものか…」

そう。あきらめたりなんかしない。それがNANAの思いだったから。慎吾自身、二人の間にあった絆《きずな》はまだあるのだと、信じ続けていたかったから。

エピローグ　もう一度、はじめまして

あれから十年が過ぎた。橘慎吾は、現在私立帝慶病院が所有する療養所の一つで、医者として働いている。

忙しい回診や患者の世話の合間などに、ふと不思議に思う事がある。医者になりたいだなんて、子供の頃《ころ》はこれっぽっちも考えていなかったのに、と。これもみんな、NANAとの出会いがあったから。そうでなければ、今頃は背伸びをしないでも自分の能力で楽に入れる会社でも探して、就職していた事だろう。その職種さえ、ろくに選びもしないで。

NANAの死を確かめる為《ため》にと、学生時代、彼は何度も病院を訪れた。見舞いや外来を装って病院内を歩き回ったが、そんな事くらいでもちろん真相を見つける事は出来なかった。それでもあきらめずに病院通いを続けているうちに、慎吾の心に変化が起こった。

待合室や廊下で見かける患者達《たち》。彼らの苦しみを見ているうちに、自然に何か手助けをしたいと思うようになっていった。NANAの事を調べるのならば、内部に入り込んだ方がいいのではないかという、自分でも呆《あき》れるほどの執念もあったし。

猛勉強の末医者になり、第一志望であった帝慶病院に就職する事も出来た。

医者として働きながら、神崎七瀬の入院記録と当時の病院の情況についてを調べ続けた。

そして慎吾は神崎家を見つけ出し、この療養所に生きているNANAがいる事を知った。

エピローグ　もう一度、はじめまして

真夜中。療養所内はしんと静まりかえっている。看護婦達も今は詰め所にいるのだろう。

そんな中、慎吾は懐中電灯を手に、療養所内でももっとも奥まった一室へと足を運んだ。

こぢんまりとしているのに、妙に広々と感じられる部屋だった。そこにあるのは、ベッドと患者が身の回りの物を入れる引き出しだけ。

ベッドの脇《わき》に小さな丸椅子《まるいす》を引き寄せて、慎吾はそっと腰を下ろした。まるで、その眠りを妨げまいとするように。そんな自分に気がつく度に、彼は苦笑してしまう。

ベッドの上には、NANAが横たわっていた。桜色の病衣に包まれ、彼女は静かに眠っている。

「NANA…」

薄い掛け布団の中から、そっと彼女の手を引き出した。細い、すっかりやせてしまったNANAの腕。血管が透けてしまいそうなほど白い皮膚には、点々と静脈注射の跡が残っていて、それがさらに痛々しく見せている。

両手で包み込むようにして華奢《きゃしゃ》な手を握りしめ、そっと自分の口元へと運んだ。

唇で触れた肌は、ほんのりと温かい。NANAは、確かに生きている。ただ、眠り続けているだけなのだ。

神崎家を見つけ出したのは、二年近く前の事だ。はやる気持ちを抑えきれず、慎吾はすぐに電話をかけた。慎吾が唯一知っていた神崎家の縁の者、藤森温子の元へと。

温子はなかなか話を始めようとはしなかった。あれから何年もたっているのにまさかという思いから、絶句してしまっていたのだ。それでも驚愕《きょうがく》が冷めていくにつれ、彼女はぽつぽつと語り始めた。あの日、あの病院で、本当は何があったのかを。

手術は確かに行われた。神崎七瀬への移植手術は成功し、七海も死ぬ事はなかった。しかし七海は、目覚めなかったのだ。

原因のわからないまま意識障害に陥った七海は、この療養所へと転院させられ、それから十年もの間、ずっと眠り続けていた。

『それじゃあどうして、あの時あんな事を言ったのです？　ＮＡＮＡは死んだだなんて、俺《おれ》にあんなひどい嘘《うそ》をつくなんて』

憤る慎吾に温子が告げたのは、信じられないような言葉だった。

それは、ＮＡＮＡ自身の意思によるものだったのだ。

もしも自分が死ななくても、その身体《からだ》が元に戻らないようなら、慎吾には私《わたし》は死んだと伝えてほしい。大好きな人の負担になりたくないから、いっそあきらめてもらう為にも、そう伝えてほしいのだと。

温子の口から初めてその事を知らされた時、慎吾はたまらず唇を噛《か》んだ。

バカＮＡＮＡッ。どうしてそんな…。俺はお前がどんな事になったとしても、側《そば》にいようと決めていたのに。

温子から話を聞いた翌日に、慎吾は総合病院からこの寂れた療養所への転任依頼を提出した。仲間の医師達からは、どうしてわざわざ忘れ去られたようなそんな所へ行きたがるのかと、心配されたり不思議がられたりもした。しかし慎吾の意志は固く、彼はこの療養所に――ＮＡＮＡがいるこの地へと、許可が出るなり移ってきた。

それから二年。診療中だけではない。ほんの少しでも暇が出来ると、彼はこの部屋を訪れていた。

ＮＡＮＡが眠るベッドの傍らに腰を下ろし、何時間でも飽きる事なく寝顔を見つめ、語りかけた。定期的に見舞いに来る温子とも話をするようになり、子供の頃にＮＡＮＡが好きだった絵本をもらって、眠る彼女に読んでもやった。ＮＡＮＡが好きな歌は知らなかったから、代わりに自分の好きな曲や歌をラジカセから流してやった。ＮＡＮＡの短い学生生活の中で選択していた英会話のＣＤを手に入れ、それを聞かせてやったりもした。

それでもＮＡＮＡは、目覚めない。

昏にＮＡＮＡの指先を押しつけたまま、慎吾は彼女に語りかける。

「なっ、ＮＡＮＡ。いい加減、起きろよ。昔はＮＡＮＡが、俺の事を起こしてたじゃないか。起きろーって。俺、毎朝ビックリしながら目を覚ましたんだぞ。温子さんだって、弥生先生だって、ＮＡＮＡが目を覚ますのをずっと待っているんだぞ」

ＮＡＮＡに聞かせた英語のＣＤは、弥生がくれたものだった。彼女には、ただＮＡＮＡ

が手術の失敗で眠り続けているとだけ伝えている。

慎吾の声に、ＮＡＮＡの唇が微《かす》かに動いた。うっすらと瞼《まぶた》が開いて、虚《うつ》ろな瞳《ひとみ》が天井を見る。

こんな時、何度慎吾は期待したか。この一ヶ月ばかりの間に、こんな事は何度かあった。しかしそれは、普通に眠っている人が夜中にふと目を開けるようなもの。ＮＡＮＡ自身の意識はない。慌てて大声で呼びかけても、すぐにＮＡＮＡは瞼を閉じて、眠りの奥底へと沈み込んでしまうのだ。

「ＮＡＮＡ。俺、あきらめないからな。ずっとＮＡＮＡの事を待っているからな。ＮＡＮＡだってそうだろう？　絶対にあきらめない。そう言ってくれてたもんな」

そう。慎吾はあきらめていない。ここまで来るのに、十年の歳月がかかったのだ。今は焦って何もかもをなくすような事がないよう、ＮＡＮＡの目覚めを待ち続けなくてはいけない時だ。たとえそれが、何年かかる事であっても。

ＮＡＮＡは身じろぎ一つしない。薄く開いた瞼の奥で、光のない目がただあるだけ。あまり腕を出させていたら、ＮＡＮＡの肩が冷えてしまう。名残惜しげに唇を離し、ＮＡＮＡの手を布団の中へと戻してやった。

椅子から立ち上がり、窓辺へと寄った。まだ、時間はあるだろう。せめて空気の入れ替えでもして行こう。

ブラインドを開けると、天頂近くに大きな満月がかかっていた。窓を開けて振り返ると、ベッドの上に横たわるＮＡＮＡの姿が、薄闇《うすやみ》の中に浮かび上がって見える。

「初めて会った時も、こんなだったよな。窓の向こうから光が入って、ＮＡＮＡの裸が見えて…。俺、いきなりＮＡＮＡが服を脱ぎ出すから、すっげぇビックリしたんだぞ」

昨日の事のように思い出されるＮＡＮＡとの出会い。いろんな事があって、ＮＡＮＡは変わったと温子は言っていた。だけどそれは、ＮＡＮＡだけではない。ＮＡＮＡに出会う前から比べれば、自分自身ずいぶん変わったと思う。

変わったのは、二人とも同じ。それなのに今の自分は医者として周りに尊敬され、ＮＡＮＡはこうして十年も寝たきりでいる。そう思うと悲しくなって、慎吾は胸が詰まりそうになった。

歯を食い縛り、再びＮＡＮＡの側へ行く。月の光が当たる小さな顔を覗《のぞ》き込《こ》み、互いの鼻先が触れ合うばかりに近づいた。

「ＮＡＮＡ、寒いか？　寒かったら、すぐに窓を閉めるよ」

もちろんＮＡＮＡの返事はない。辛《つら》い思いを堪《こら》えながら、慎吾はＮＡＮＡに口づける。柔らかな頬《ほお》を手のひらで撫《な》でた。熱い涙が指先を濡《ぬ》らし、つい泣いてしまった自分自身に慌てて慎吾は顔を起こす。

ＮＡＮＡの目許《めもと》から頬にかけて、涙が伝い落ちていた。まるで、ＮＡＮＡが泣いたみたいだ。指の腹でそっと拭《ぬぐ》い、もう一度だけキスをしようとＮＡＮＡの顔を覗き込む。

薄く開いていた瞼が、ゆっくりと開かれた。黒目がちなＮＡＮＡの瞳にゆっくりと光が射し込んでくる。

もう窓は閉じてしまおうと、途中でキスをやめて窓の方へと踵《きびす》を返す。

その時、声が聞こえた。

「…どうして、泣いているの？」

もう十年も聞いていなかったのに、片時も忘れる事がなかった声。夢か、それとも幻聴かと、慎吾の身体はほんの一瞬凍りつく。

しかしすぐさま振り返った。それが夢でもなんでもいい。そこに○・一パーセントの可能性があるならば、あきらめずに賭《か》けたいのだ。

「な…ＮＡＮＡ…」

「ＮＡＮＡ？　どうして…私のその名前…」

次の瞬間慎吾はベッドに駆け寄って、ＮＡＮＡの顔を覗き込みながらナースコールに拳《こぶし》を叩《たた》きつけていた。

誰《だれ》でもいい。誰か来てくれ。そしてこれが夢じゃないのだと、誰か俺に証明してくれ。

ＮＡＮＡはまだ少しぼんやりしているけれど、それでも大きな目を開けて、不思議そうに俺を見つめているのだ。

俺は医者なのだから、今すぐ検査の準備をしないといけない。それはわかっているけれど、今はここから離れたくない。NANAが目覚めたのだとはっきり自信が持てるまで、絶対側にいてやりたいのだ。

検査が始まった。

十年も眠り続けていた患者が目を覚ましたのだ。当直の看護婦だけでなく、呼べる限りの医師や検査技師を呼び出して、入念な検査をした。もう二度と、NANAが植物状態に陥ったりしないように。検査が終わり、ほぼ一〇〇パーセント大丈夫だろうと結果は出た。

それでも慎吾は、不安だった。

NANAは今、眠っている。検査に疲れてしまったのだろう。そんなNANAの傍らで、小さな丸椅子に腰を下ろし、慎吾はまんじりともしないでいる。

「明け方には藤森さんもここに来られるのですから、先生も少しは休まれてはいかがですか？」

若い看護婦が遠慮がちに慎吾にそう言ってきた。だけ

ど慎吾は待ち続ける。本当にNANAが目覚めるのかどうか不安だし、次に彼女が目覚めた時、一番に迎えてやりたいのだ。

長い長い夜が明ける。東の空が白くなり、最初の朝日が部屋の中に射し込んでくる。

その時、NANAが目を覚ました。

「ここ…」

検査中にここが療養所だと教えたのに、覚醒《かくせい》したばかりで朦朧《もうろう》としているのか、自分がどこにいるのか理解が出来ないらしい。NANAはベッドの上で起き上がろうとしたが、それは長い間使わなかった彼女の身体が許さなかった。半ばまで起きたところで、肘《ひじ》が折れて突っ伏しそうになってしまう。

そんなNANAを、慎吾は支えた。君はまだ身体が本当じゃないんだからと言い聞かせ、もう一度ベッドの上に横たわらせる。

NANAはまだ、慎吾の正体に気がついていないようだった。無理もないだろう。あれから十年の歳月が流れているのだし、彼女にとってその時間はなかったも同然なのだから。しかしNANAは、すぐに慎吾の正体に気づくだろう。その時の事を想像するだけで、彼の胸は高鳴ってしまう。気づかれたら、なんて言おう。やはり慎吾がNANAに初めて送ったメールの言葉がふさわしいのだろうか。

はじめまして。橘慎吾です。

ＮＡＮＡはきっときょとんとして、それからものすごく驚くだろう。もしかしたら泣き出して、涙で顔をくしゃくしゃにしてしまうかもしれない。そしてきっと、俺の胸に真《ま》っ直《す》ぐに飛び込もうとしてくれるんだ。

はじめましてからもう一度始めて、今度こそ二人は同じ時間の中を生きていく。

ゆっくりとでいい。時間はいくらでもある。なくした時間を取り戻す事より、愛する者とまた新しい時間を紡いでいく事の方が、彼とＮＡＮＡにはずっとずっと大切なのだから。

Ｆｉｎ

あとがき　――純粋培養少女、NANA

どもこんにちは、TAMAMIです。

『恋愛CHU！』ゲーム本編のシナリオに続き、今回初めて長編ノベライズまで担当させて頂きました。しかも二冊同時発行。ルン♪　で、メインヒロインNANA編です。

NANA――神崎七海は、かなり特殊な環境の中で育った少女です。そのせいで、ものすごい世間知らず。時にはトンチキな事も仕出かしちゃいます。だけど綺麗なものだけに触れ、世の中の汚いものをまったく見ずに育ったせいで、誰よりも純粋な女の子です。たぶんNANAが普通の少女のようにごくごく普通の家庭に生まれ、平和で平凡な人生を歩んでいたら、きっとこんな少女にはならなかったんじゃないのかな、と思います。

今回は、ゲームという枠組の中ではどうしても省略せざるを得なかった部分が書けて、私はとってもハッピィでした。NANAの服を丁寧に脱がせたり、寮でのエッチで誰かに見つかるんじゃないかってドキドキしたり。男子寮でNANAの男子用制服を脱がせている時には、何か別の物を書いているような錯覚に襲われたりもしましたが。(笑)

二冊組のもう一冊は、NANAと見事に点対称しているすーちゃんこと須藤澪編です。この本ではちょこっと顔出ししか出来なかった幼馴染み美月も、たくさん出てます。またそちらも手に取って頂ければ嬉しいな。ンでは、これにて。　二〇〇一年九月　残暑中

恋愛CHU！彼女の秘密はオトコのコ？

2001年10月25日　初版第1刷発行
2002年3月15日　第2刷発行

著　者　TAMAMI
原　作　SAGA PLANETS
原　画　有末 つかさ

発行人　久保田 裕
発行所　株式会社パラダイム
〒166-0011東京都杉並区梅里2-40-19
ワールドビル202
TEL03-5306-6921 FAX03-5306-6923

装　丁　林 雅之
印　刷　株式会社秀英

〈パラダイムノベルス新刊予定〉

☆話題の作品がぞくぞく登場！

147. このはちゃれんじ!

ルージュ　原作

三田村半月　著

　このはは自分の誕生日にマッドな錬金術師の兄から、妹を模して作られたホムンクルスであることを告げられる。そんな彼女のエネルギー源はえっちすることだった！　人造人間このはの、学園コメディ!!

148. 奴隷市場 Renaissance

ruf　原作

菅沼恭司　著

　17世紀。ロンバルディア同盟は地中海を巡って敵対するアイマール帝国へ、全面戦争回避のための全権大使キャシアスを派遣した。そこで彼は奴隷として売買される3人の少女と出会う。